GaRotA DeSapARECIDa

SOPHIE McKENZIE

GAROTA DESAPARECIDA

Tradução
Mauricio Tamboni

2ª edição
Rio de Janeiro-RJ / São Paulo-SP, 2025

VERUS
EDITORA

Editora Executiva
Raïssa Castro

Coordenação editorial
Ana Paula Gomes

Copidesque
Maria Lúcia A. Maier

Revisão
Cleide Salme

Capa e projeto gráfico
André S. Tavares da Silva

Foto da capa
BestPhotoStudio/Shutterstock (rosto)

Diagramação
Daiane Cristina Avelino Silva

Título original
Girl, Missing

ISBN: 978-85-7686-417-2

Copyright © Rosefire Ltd, 2006
Todos os direitos reservados.

Tradução © Verus Editora, 2016
Direitos reservados em língua portuguesa, no Brasil, por Verus Editora. Nenhuma parte desta obra pode ser reproduzida ou transmitida por qualquer forma e/ou quaisquer meios (eletrônico ou mecânico, incluindo fotocópia e gravação) ou arquivada em qualquer sistema ou banco de dados sem permissão escrita da editora.

Verus Editora Ltda.
Rua Argentina, 171, São Cristóvão, Rio de Janeiro/RJ, 20921-380
www.veruseditora.com.br

CIP-BRASIL. CATALOGAÇÃO NA FONTE
SINDICATO NACIONAL DOS EDITORES DE LIVROS, RJ

M429g

Mckenzie, Sophie
　Garota desaparecida / Sophie McKenzie ; tradução Mauricio Tamboni. - 2. ed. - Rio de Janeiro, RJ : Verus, 2025.
　23 cm.

　Tradução de: Girl, Missing
　ISBN 978-85-7686-417-2

　1. Romance inglês. I. Tamboni, Mauricio. II. Título.

16-35019
　　　　　　　　　　　　　　　CDD: 823
　　　　　　　　　　　　　　　CDU: 821.111-3

Revisado conforme o novo acordo ortográfico

*À minha mãe, a primeira a me ler histórias
E a Joe, o primeiro a ler esta história*

PARTE 1

PROCURANDO MARTHA

1
Quem sou eu?

Quem sou eu?

Eu me sentei diante do computador no escritório de minha mãe e olhei para o título da redação. Os professores novos sempre passam tarefas desse tipo no começo do ano.

Quem sou eu?

Quando eu era mais nova, era fácil. Bastava escrever coisas óbvias, como: "Sou Lauren Matthews. Tenho cabelos castanhos e olhos azuis".

Agora, porém, temos que escrever sobre nossos interesses. Sobre aquilo de que gostamos e não gostamos. Sobre quem somos "por dentro".

Preciso de uma pausa.

Envio uma mensagem ao meu amigo Jam.

> Como anda essa besteira de "quem sou eu"?

Um minuto depois, ele responde:

> Sentimos informá-la que James "Jam" Caldwell morreu de tédio esta noite, enquanto fazia sua lição de casa.

Gargalho bem alto. James sempre me anima. Algumas garotas da minha classe me provocam por causa dele. Dizem que é meu namorado. O que é a coisa mais idiota do mundo. Jam e eu somos amigos desde o ensino fundamental.

Quem sou eu?

Apoio a cabeça nas mãos.

Como alguém pode definir quem é se não sabe de onde veio?

E eu não tenho a menor ideia de onde eu vim.

Fui adotada quando tinha três anos.

***

Um minuto depois, minha mãe me chamou no andar de baixo.

— Lauren, o chá está pronto.

Corri até lá, contente por me livrar da redação.

Mas não foi por muito tempo.

— Como está indo com a tarefa? — ela perguntou, espetando alguma coisa na frigideira.

— Humm — murmurei.

— Pelo amor de Deus, Lauren — ela suspirou. — Por que você não fala direito?

Olhei para ela. A mesma velha mãe de sempre. Baixinha. Ossuda. Lábios finos.

Não me pareço em nada com ela.

Respondi de forma muito clara e lenta:

— Quem é minha verdadeira mãe?

Ela congelou. Por um instante, pareceu aterrorizada. Então seu rosto se tornou duro como uma máscara. Sem nenhuma emoção.

— Sou eu — ela respondeu. — O que você quer dizer com isso?

— Nada. — Desviei o olhar, desejando não ter dito nada.

Minha mãe se sentou, ainda segurando a frigideira.

— Pensei que você não se importasse com isso — veio a resposta.

Revirei os olhos.

— Não me importo.

Ela colocou ovos mexidos no meu prato.

— De qualquer modo, não posso contar. Foi uma adoção sigilosa, o que significa que nenhum dos lados sabe nada a respeito do outro. — Ela se levantou, voltou a frigideira para o fogão e virou novamente para mim, agora com o rosto muito ansioso. — Alguém comentou alguma coisa na escola?

— Não.

Eu me inclinei sobre os ovos. É claro que minha mãe pensou que alguém estava colocando ideias na minha cabeça. Seria demais para ela imaginar que eu começasse a pensar sobre isso sozinha.

— O que tem para comer? — gritou Rory do jardim. Suas bochechas redondas estavam vermelhas por causa do frio. Ele tem oito anos e é uma cópia perfeita do meu pai. Minha mãe o chama de "meu pequeno milagre de proveta". Só posso dizer que muitas coisas desagradáveis crescem em provetas.

Rory parou, derrapando ao lado da mesa antes de fazer uma careta.

— Ovo mexido fede.

— Não tanto quanto você — rebati.

Ele me cutucou com o garfo.

— Ei! Mãe, ele tá me batendo.

Nossa mãe nos encarou.

— Rory, senta.

Às vezes me pergunto se ela pensa que ele é um cachorro. Uma vez eu a ouvi dizer para uma amiga: "Os meninos são como animaizinhos de estimação. Só precisam de carinho e ar puro. As meninas dão muito mais trabalho".

Então por que ela me escolheu — uma garota? Lembro-me de todas as vezes quando era criança e minha mãe falava sobre o fato de eu ser adotada e como me escolheram em uma espécie de catálogo. Aquilo costumava me fazer sentir especial. Desejada. Agora me faz sentir mais como um vestido que chegou pelo correio. Um vestido que não serviu, mas que daria trabalho demais devolver.

— O Jam pode vir aqui mais tarde? — perguntei.

— Quando você terminar a lição de casa, e se não for muito tarde — veio a resposta previsível de minha mãe.

— Esses ovos parecem o seu vômito — falou Rory.

Às vezes eu o odeio. Muito, muito mesmo.

* * *

Assim que cheguei novamente ao andar de cima, enviei uma mensagem para Jam:

> A gnt se vê + tarde?

Sua resposta chegou em poucos segundos:

> Chego aí às 7.

Dei uma olhada no canto da tela do computador. Seis e quinze. Eu jamais conseguiria terminar a redação em quarenta e cinco minutos.

Quem sou eu?

Adotada. Perdida. Digitei essas palavras na caixa de texto de um site de buscas.

Nos últimos tempos, tenho pensado muito nisso. Na semana passada, cheguei até a dar uma olhada em alguns sites com informações sobre adoções. Você daria risada se me visse: coração acelerado, mãos suando, nó no estômago.

Quer dizer, é claro que não existe um site que diga: "Lauren Matthews — clique aqui para detalhes da adoção".

Mas, enfim, sabe o que descobri?

Que, se eu quisesse saber qualquer coisa a respeito da minha vida antes dos três anos, precisaria da permissão do meu pai e da minha mãe.

Não é inacreditável?

Minha vida. Minha identidade. Meu passado.

Mas a decisão é deles.

Mesmo que eu pedisse, de forma alguma minha mãe concordaria. Bem, você já viu como ela reage quando toco no assunto. Fecha a cara.

Ela bem que merecia que eu seguisse em frente e continuasse procurando.

Cliquei no ícone de busca.

Adotada. Perdida. Quase um milhão de resultados.

Meu coração acelerou. Pude sentir meu estômago se apertando outra vez.

Ajeitei o corpo na cadeira. Já chega.

Eu só estava desperdiçando tempo. Fugindo da lição de casa. Estendi a mão para fechar a pesquisa. E foi então que vi o que estava bem à minha frente: MissingChildren.com. Um site internacional sobre crianças perdidas ou desaparecidas. Franzi a testa. Quer dizer, como alguém perde uma criança e ela não aparece? Entendo como alguém pode perder uma criança por cinco minutos. Ou até uma hora. E sei que algumas desaparecem porque foram assassinadas por algum psicopata. Mas minha mãe diz que isso só acontece uma ou duas vezes por ano.

Cliquei para entrar na página. Que mostrava um monte de rostos piscando. Cada um do tamanho de um selo, que se transformava em outro rosto em poucos segundos.

Fiquei boquiaberta. Todos aqueles rostos eram de crianças desaparecidas? Vi um campo de busca. Hesitei. Em seguida, digitei meu nome. Lauren. Nem me dei conta do que estava fazendo. Só estava curiosa — para ver quantas Laurens estavam perdidas por aí.

O resultado foi que havia cento e setenta e duas. Meu Deus! O computador piscou, dizendo para eu refinar a busca.

Parte de mim queria parar, mas eu disse a mim mesma para não ser boba. Os rostos piscando na tela não eram de crianças adotadas e sem passado como eu. Eram de desaparecidas. Crianças com *apenas um passado*.

Eu só queria ver quem estava ali.

Coloquei meu mês de nascimento nos critérios de seleção da busca, então três Laurens apareceram na tela. Uma delas era negra e tinha desaparecido com duas semanas de vida.

A outra era branca com cabelos loiros — parecia ter nove ou dez anos. Sim — desaparecida havia apenas cinco anos.

Olhei para a terceira criança.

```
Martha Lauren Purditt
Caso: perdida, ferida, desaparecida
Data de nascimento: 12 de março
Idade atual: 14 anos
Local de nascimento: Evanport, Connecticut, Estados Unidos
Cabelos: castanhos
Olhos: azuis
```

Olhei para o rosto acima das palavras. Era a face redonda e sorridente de uma garotinha. E em seguida a data de seu desaparecimento: 8 de setembro.

Menos de um mês antes de eu ser adotada.

Meu coração parou.

A data de nascimento tinha alguns dias de diferença. E eu era inglesa, não americana como a garota desaparecida.

Então não era possível.

Ou era?

A pergunta agiu feito droga e ficou girando na minha mente, virando meu mundo de cabeça para baixo e do avesso, até tomar conta de mim.

Eu poderia ser ela?

2
Contando ao Jam

Encarei a garotinha na tela, buscando em seu rosto sinais semelhantes entre nós.

— Lauren, o Jam está aqui. — O grito de minha mãe me fez dar um salto.

Meu coração disparou conforme os passos do meu amigo ecoavam pelas escadas. Estendi o braço e minimizei a tela. Corri para a porta enquanto Jam chegava.

— Oi, Laurenzo. — Jam sorriu. Seus cabelos negros estavam penteados com gel e ele cheirava a sabonete. — Terminou a lição de casa?

— Sim... Humm... Na verdade, não. — Eu mal conseguia ouvir o que ele estava dizendo. — Preciso pegar uma coisa lá embaixo.

Jam franziu o cenho, mas me seguiu até a sala de estar. Minha mãe estava sentada no sofá, assistindo ao noticiário na TV.

— Mãe, onde estão nossos álbuns de fotos?

Ela me encarou.

— No canto do armário — respondeu, apontando para um par de portas de madeira no canto da sala. — Por que o interesse repentino?

Corri na direção do armário e comecei a puxar os álbuns para dar uma olhada nas páginas.

— Onde estão as minhas fotos mais antigas? — perguntei.

Silêncio.

Ergui o olhar. Minha mãe e Jam me encaravam como se eu estivesse louca.

— O que está acontecendo, querida? — A voz dela soou tensa.

Abaixei o álbum que estava segurando.

— É para aquela redação, "Quem sou eu?" — falei lentamente. — Eu já terminei, mas achei que seria legal colocar uma foto de quando eu era mais nova, ao lado de uma imagem recente. Só estou com pressa porque o Jam está aqui.

O rosto de minha mãe relaxou.

— É uma boa ideia — ela elogiou. — Embora eu tenha dito para você terminar tudo *antes* que ele chegasse. Procure naquele álbum verde ali no canto.

Puxei o álbum e abri na primeira página. Ali estava eu. Com um rostinho sério. Cabelos castanhos em corte chanel. Mostrei para minha mãe.

— Quando esta foto foi tirada? — perguntei, tentando soar tranquila.

— Logo depois que trouxemos você para casa — ela respondeu. — Na época do Natal.

Era a melhor foto que eu conseguiria.

— Posso levar?

— Claro — respondeu minha mãe. — Mas traga de volta depois. — Ela sorriu. — Essas fotos são preciosas.

Levantei.

— Volto em um minuto. — Deslizei o olhar de minha mãe para Jam, que me encarava, desconfiado. — Só vou escanear.

Então corri de volta para o escritório da minha mãe e abri a janela do site MissingChildren.com. Segurei a foto ao lado da de Martha Lauren Purditt na tela, esperando que isso me levasse a um resultado ou a outro.

O que não aconteceu.

Martha Lauren era gorducha, tinha covinhas e estava rindo.

Na foto do álbum de minha mãe, meu rosto era mais magro e eu não estava sorrindo.

Mesmo assim, havia alguns pontos em comum: o desenho dos olhos, o sulco sob os lábios. Aquela poderia ser eu. Tudo, quase tudo, se encaixava.

Eu me senti em um daqueles brinquedos de parques de diversões que nos fazem girar em tantas direções ao mesmo tempo que nem conseguimos saber que lado é para cima.

Se aquela *fosse* eu, então eu não era quem pensava ser. Eu tinha outro nome. Outra nacionalidade. E até outro aniversário. Nada do que tinha acontecido na minha vida era certo.

— O que você está fazendo? —Jam estava me encarando do batente, com uma enorme confusão estampada no rosto.

— Nada. — Minimizei rapidamente a tela.

Eu estava sendo ridícula. Aquilo tudo era bizarro demais. Jam daria risada de mim se eu lhe contasse o que estava acontecendo — ele me diria para voltar ao Planeta do Ego ou algo do gênero. Mesmo assim, eu queria mostrar para ele. Queria saber o que ele achava.

— Não faz isso. — Seus olhos se estreitaram. — Desde que eu cheguei, você está surtando. Toda essa baboseira de álbuns. Você só queria que eu ficasse longe do escritório.

— Não, não é verdade, Jam. — Tentei sorrir. — Foi só uma coisa... esquisita... — continuei.

Ele se aproximou do computador.

— Que coisa esquisita é essa? — Sorriu, mas o gesto não combinava com o olhar. — Tipo, algum cara estranho te convidou para sair? O que você respondeu?

— O quê? Não. Credo. Não mesmo. — Do que o Jam estava falando? Ele sabia que, tipo, eu não tinha o menor interesse em sair com garotos nem nada assim.

— Então por que...? — Seus olhos focaram a aba minimizada na parte inferior da tela. — Por que você está vendo um site de crianças desaparecidas?

— Promete que não vai rir?

Ele assentiu com a cabeça, e cliquei na aba minimizada. Martha Lauren Purditt apareceu na tela. Jam deslizou o olhar da imagem dela para a minha fotografia na mesa, ao lado do computador.

E franziu a testa.

— O quê? — Arregalou os olhos. — Você não está pensando que ela é você, está?

Desviei o olhar, sentindo as bochechas queimarem.

— Não sei — sussurrei.

Ergui os olhos. Jam já estava clicando no link "fotografias com progressão de idade".

— Espera — gritei.

Mas era tarde demais. Uma nova foto surgiu na tela, mostrando a suposta aparência de Martha Lauren Purditt nos dias atuais. Eu não queria olhar para a imagem, mas, ainda assim, não consegui me conter.

Era eu. Mas, ao mesmo tempo, não era. O rosto era longo demais, e o nariz, bonito e empinadinho demais.

— Humm — murmurou Jam. — É difícil saber, né? Quer dizer, ela se parece um pouco com você, mas...

Meu coração batia rápido. Certo, então ele tinha tanta certeza quanto eu. Mas pelo menos não estava rindo de mim.

Eu não sabia se me sentia aliviada ou decepcionada.

Sem olhar para mim, Jam voltou para a primeira foto e pressionou o botão imprimir.

Quando a impressora finalmente soltou a folha, ele segurou a imagem e me mostrou.

— É como um desses pôsteres de crianças desaparecidas — disse. — E olha só... Tem um número de telefone aqui embaixo. Talvez você devesse ligar e...

— Não. De jeito nenhum. — Dei um pulo e puxei a folha da mão dele. As coisas estavam indo rápido demais, e Jam estava sendo prático demais. Muito racional com relação a tudo. — Preciso de tempo para pensar — expliquei.

— Relaxa, cabeção — Ele revirou os olhos, como faz quando a mãe e as irmãs gritam umas com as outras. — Eu só estava tentando ajudar. Você não quer descobrir se é mesmo você?

— Talvez. — Dei de ombros. A verdade era que eu não sabia. Não sabia de mais nada.

— Acho que sua mãe e seu pai podem te dizer.

Jam inclinou a cabeça para o lado e analisou a foto.

— Não vou mostrar para eles — arfei.

— É. Talvez não seja mesmo uma boa ideia.

— Como assim?

— Bem — Jam hesitou. — Se essa tal Martha Lauren for você, como acha que as coisas aconteceram? Quer dizer, quando você tinha três anos, como saiu dos Estados Unidos em setembro para estar em Londres perto do Natal?

Balancei a cabeça. Claro que Jam ia fazer todas as perguntas práticas. Já eu não conseguia nem começar a assimilar a ideia de que talvez fosse uma pessoa completamente diferente.

— Pensa nisso, cabeção — ele disse, abrindo um leve sorriso. — Crianças não desaparecem sem motivo. Você deve ter sido roubada.

— O que isso tem a ver com meus pais? — perguntei.

Jam respirou profundamente.

— Acho que você tem que considerar a possibilidade de os seus pais estarem envolvidos de alguma forma.

3
O segredo

Eu tinha certeza de que Jam estava errado. Meus pais são intrometidos. E irritantes. E velhos. Mas é impossível que tenham feito algo tão ilegal quanto sequestrar uma criança.

Mas... quando alguém planta uma ideia na sua cabeça, ela fica lá. Você não consegue arrancar.

Afinal, eu era Martha Lauren Purditt?

Eu pensava nisso o tempo todo. Mantinha debaixo do colchão o retrato da garota desaparecida que Jam imprimira. Eu o pegava todas as noites e o analisava várias e várias vezes, até decorar cada linha do rosto daquela menina. Todas as datas e detalhes de sua vida. Não que houvesse muito para explorar.

Cheguei a pegar o telefone várias vezes para ligar para o número na parte inferior da imagem. Mas nunca tive coragem. O que eu diria? *Oi, acho que talvez eu seja a garota desaparecida do seu site, mas com a data de nascimento e o nome diferentes... Ah, e também de um país diferente.*

Eles dariam risada de mim. E a polícia também.

Uma semana se passou, e Jam jurou que não contaria nada a ninguém. Era nosso segredo. No entanto, esse segredo queimava dentro de mim como uma daquelas velas de aniversário que você simplesmente não consegue apagar.

E aí, por acaso, descobri algo que transformou tudo para sempre...

* * *

Meu pai tem meio que uma rotina quando chega do trabalho. Não gosta que ninguém converse com ele enquanto se troca e prepara uma bebida. Depois, meu pai e minha mãe jantam antes de ele dormir vendo TV.

Os dois sempre insistem para eu jantar com eles. Na maioria das vezes, é a última coisa que quero fazer, mas isso faz minha mãe ficar quieta. E deixa Rory extremamente irritado, já que ele precisa ir para a cama antes de nós.

Naquela noite, Rory apareceu na porta enquanto a mamãe colocava uma caçarola na mesa.

— Mãe, ainda estou com fome — ele resmungou.

Meu pai revirou os olhos. Ele fica bastante irritado com as estratégias de Rory para chamar atenção. Imaginei meu pai se preparando para dizer alguma coisa. (Ele não funciona exatamente na velocidade da luz.)

Mas minha mãe, tão severa quando o assunto é a hora de *eu* ir para a cama, já estava defendendo meu irmão.

— Não posso deixar o garoto dormir com fome, Dave.

E, antes que meu pai pudesse dizer alguma coisa, ela já tinha pegado uma tigela de frutas e despachado Rory para fora da cozinha.

Meu pai olhou fixamente para a caçarola, como se esperasse que a sopa pulasse para dentro do seu prato.

— Ela mima demais esse menino — murmurou baixinho.

Eu ri para mim mesma. Meu pai é mestre supremo em lançar comentários muito óbvios. Ele é contador — e me ajuda muito com a lição de matemática —, mas um pouco lento quando o assunto é escolher palavras.

E justamente por esse motivo sua próxima frase foi tão incrível.

— Sua mãe disse que você estava perguntando sobre a sua... sobre quando você era criança — falou.

Quase engasguei com a fatia de pão com manteiga.

— Verdade? — Meu pai estava sério, algo nada fácil para ele, que é baixinho e calvo, com bochechas redondas e rosadas.

Pude sentir o calor subindo pelo meu pescoço. Desviei o olhar e assenti.

Ele pigarreou.

— Acho que... — ele disse e fez uma pausa demorada. *Vamos, pai. Antes que a gente morra de velhice. Por favor.* — Acho que... que se você já tem idade para perguntar...

Nesse momento, minha mãe voltou. Olhou para meu rosto vermelho e me dei conta de que ela tinha percebido o que estava acontecendo.

— Idade para perguntar o quê? — ela quis saber.

Meu pai murmurou alguma coisa completamente nada a ver, e ela levou as mãos ao quadril.

— Pensei que tivéssemos um acordo, Dave — ela lançou em uma voz ameaçadora.

O clima ficou pesado feito chumbo.

Empurrei a cadeira para trás e me levantei, cerrando os punhos na lateral do corpo. Se ela estava disposta a impedir meu pai de conversar comigo, então podia esquecer a ideia de me ver comendo aquela sopa horrível.

— Senta, Lauren — esbravejou minha mãe.

A raiva tomou conta de mim.

— Não — gritei. — Quem foi que disse que é você quem manda aqui? Por que você sempre, sempre acha que sabe o que é melhor para todo mundo?

O rosto da minha mãe se comprimiu.

— Senta aí e come. Agora!

Lágrimas de raiva e frustração encheram meus olhos. Como ela se atrevia a me dar ordens assim, como se eu fosse uma criança?

— Não vou sentar — berrei. — Você não pode me dizer o que fazer. Nem é minha mãe de verdade.

Saí correndo da cozinha, batendo a porta ao passar. Lágrimas escorriam pelo meu rosto enquanto eu avançava pelo corredor, seguindo para a escada, rumo à privacidade do meu quarto.

Rory estava sentado no último degrau, comendo uma maçã.

— Por que todo mundo está gritando? — perguntou.

Parei logo abaixo dele e respirei fundo. Minhas mãos tremiam enquanto eu secava o rosto.

— Sai da minha frente — murmurei.

— Quer ver um desastre marciano? — Ele abriu a boca e colocou para fora a língua cheia de uma pasta verde-clara.

Fechei os olhos. *O que eu fiz para merecer uma família tão chata?* Aposto que a família de Martha Lauren Purditt não era assim. Eu podia imaginar todos eles: uma mãe charmosa e compreensiva; um pai sensível, divertido e carinhoso; e nem sinal de irmãos ou irmãs.

O som da discussão furiosa dos meus pais ecoava pelas escadas. Rory desceu alguns degraus e veio na minha direção.

— Eles vão se separar? — questionou.

— Sim — soltei. — Estão discutindo para saber quem vai ter que aguentar ficar com você.

Rory mostrou a língua outra vez, mas eu não disse nada. Alguns segundos depois, seguiu pisando duro até o seu quarto.

Os gritos ficavam cada vez mais altos; os berros agudos da minha mãe perfuravam o rugir grave do meu pai. E então ouvi o meu nome. Voltei para o corredor, tentando distinguir o que estavam dizendo.

— Para de gritar — minha mãe berrou. — A culpa é sua. Você prometeu que...

— Pelo amor de Deus — meu pai gritou em resposta. — Só estou dizendo que não podemos ignorar o fato de ela perguntar sobre o assunto.

Eu nunca tinha visto meu pai tão furioso. Quer dizer, eles brigavam o tempo todo, mas geralmente por coisas sem importância, como o fato de o meu pai trabalhar demais, mas dessa vez era diferente.

Estremeci e me aproximei da porta da cozinha.

Houve silêncio durante alguns segundos. Então minha mãe voltou a falar. Agora sua voz era mais baixa, e ela estava quase implorando:

— Ela é muito nova. Sua cabeça ainda está cheia de lições de casa e... e... música pop.

Ah, até parece, mãe... Você me conhece tão bem.

— Então por que ela está tão furiosa? Por que está fazendo perguntas? — questionou meu pai.

— Um trabalho de escola a fez começar com isso. Mas ela vai acabar perdendo o interesse.

Houve uma pausa.

— Você quer dizer que espera que ela perca o interesse.

Outra pausa, dessa vez mais demorada. Em seguida, ouvi minha mãe fungando. Sua voz soava abafada.

— Se começarmos a contar, ela vai querer saber todo o resto.

Meu pai murmurou algo que não entendi.

— Eu sei, mas não agora — respondeu minha mãe. — Quando ela completar dezesseis anos, aí vou poder mostrar meus diários. E explicar as circunstâncias.

Ouvi passos se aproximando da porta e me apressei de volta, subindo as escadas. Meu coração batia acelerado. Tudo isso por causa dessa besteira de "adoção sigilosa" da minha mãe. Eles *sabiam* de alguma coisa da minha vida antes de me trazerem para casa.

Senti um nó se formar em meu estômago. O que poderia ser tão terrível assim a ponto de acharem que eu não seria capaz de suportar? Teria alguma coisa a ver com Martha Lauren Purditt?

Deitei na cama certa de uma coisa: eu não podia esperar até completar dezesseis anos para ler os diários da minha mãe.

4
Marchfield

Hora do intervalo do dia seguinte. Jam e eu estávamos do lado de fora do colégio, comprando nosso almoço. Isso é algo que o colégio só nos deixa fazer a partir do ensino médio. E, depois de três semanas, minha mãe já estava reclamando porque eu estava comendo muita porcaria e gastando demais com isso.

Contei a Jam sobre os diários enquanto esperávamos para pedir nossa pizza para viagem.

— Por que você simplesmente não pega esses diários e lê? — ele perguntou.

— Porque minha mãe guarda todas as coisas antigas dela trancadas em baús no sótão.

Um golpe de vento chicoteou minhas pernas enquanto um grupo de garotas de outro colégio cambaleava para dentro da pizzaria. Elas logo se agruparam do outro lado do balcão, dando risadinhas enquanto olhavam o cardápio.

Jam pediu o de sempre — pizza de presunto e abacaxi com pepperoni extra para eu poder roubar alguns —, e então nos sentamos no banco de metal no canto enquanto esperávamos.

— Então pega a chave e vai até lá ver — ele sugeriu.

Eu o encarei. Jam sempre fazia tudo parecer muito simples.

— E quanto à minha mãe? — questionei. — Vou precisar que alguém a distraia por pelo menos uma hora.

Jam franziu a testa.

— Ela não sai de casa?

— Quase nunca.

Era verdade. Enquanto meu pai não costuma chegar antes de nove e pouco da noite, ela trabalha em casa e passa a maior parte dos fins de semana e das noites também no escritório dela.

Ela não é exatamente alguém que gosta de sair.

Depois de alguns minutos, Jam se aproximou do balcão para pegar nossa pizza. Enquanto ele esperava ali, uma garota do outro colégio se aproximou. Parecia durona, com os cabelos loiros espetados e a saia do colégio dobrada, deixando as pernas à mostra.

— Minha amiga te achou muito bonito — ela lançou, apontando com o polegar para uma ruiva baixinha, no canto do grupo de garotas.

Eu sorri enquanto Jam ficava vermelho. Ele sempre era cantado pelas garotas. Acho que ele é bem bonito. Alto, com traços regulares e uma pele suave, dourada.

A loira com cara de durona levou a mão ao quadril.

— E aí? Quer sair com a minha amiga? Ela está livre amanhã à noite — ela soltou.

Em seguida, veio a explosão de risadinhas do grupo do outro lado do balcão.

Jam sorriu, tentando ser gentil enquanto recusava o convite. Parecia realmente constrangido. O homem do restaurante se aproximou com a nossa pizza.

Levantei e peguei a caixa. Em seguida, virei para a garota.

— Desculpa. — Segurei o braço de Jam. — Mas ele já tem compromisso para amanhã à noite.

Soltei-o e saí da pizzaria. Ouvi um sarcástico coro de "oooh" pelas costas. Sorri para mim mesma outra vez.

Era divertido perceber como Jam e eu éramos parecidos. Não tínhamos interesse em sair com ninguém, só queríamos ser amigos. Bem, amigos um do outro.

Ele me alcançou enquanto eu ia pela rua principal.

— O que você quis dizer com aquilo? — ele questionou. — Com aquela coisa de amanhã à noite?

Sorri para ele.

— Eu estava pensando que talvez você pudesse me ajudar a distrair a minha mãe para eu poder ler os diários.

* * *

Meu plano era simples. A mãe de Jam, Carla, sempre dizia que ela e minha mãe deveriam se encontrar, já que ele e eu éramos amigos tão próximos. Então, naquela noite, depois do colégio, perguntei a ela se minha mãe poderia visitá-la no dia seguinte.

— Ela realmente quer te conhecer — menti.

Carla se mostrou tipicamente entusiasmada, ainda que um pouco incerta.

— Que bom, querida, mas diga a ela para vir antes das sete, porque nesse horário começo a receber meus clientes.

É claro que minha mãe não queria ir. Em parte, porque ela detesta ir a qualquer lugar, e em parte porque acha a mãe de Jam uma louca de pedra. E minha mãe estava certa. Mas isso já é outra história.

— O que significa "ir antes das sete"? — minha mãe questionou. — Significa que estarão tomando um chá quando eu chegar?

Suspirei.

— Eles não "tomam chá" assim. Eles simplesmente entram e saem da cozinha e comem alguma coisa quando estão com fome. Vamos, mãe. Por favor. Vai ser muito constrangedor se você não for.

No fim, minha mãe concordou.

Calculei que Carla ficaria conversando com ela por pelo menos uma hora. Tempo mais do que suficiente para eu encontrar os diários no sótão e dar uma boa olhada neles.

* * *

Minha mãe saiu de casa às cinco e quinze da tarde seguinte, resmungando e dando ordens para que Rory não comesse chocolate antes do chá. Dez minutos depois, Jam me ligou.

— A encomenda já chegou — anunciou.

Dei risada.

— Não esquece de ligar de novo assim que ela sair daí — pedi.

Assim que Jam desligou, corri para a cozinha para pegar todo o chocolate que consegui carregar. Segui arfando escada acima, até chegar ao quarto de Rory. Seu rosto pequeno e redondo estava vidrado no PSP. Em um gesto heroico de amizade, Jam havia emprestado seu jogo *Legends of the Lost Empire*.

— Aqui. — Joguei as barras de chocolate para ele. — Agora fica quieto.

Peguei o celular e corri para o escritório da mamãe. Todas as chaves ficavam ordenadamente penduradas em uma fileira de ganchos atrás da mesa de trabalho. Enfiei um conjunto delas, marcadas como "sótão", no bolso e corri para o quarto dos meus pais. Puxei a escada que levava até lá e subi.

Suponho que o sótão da maioria das casas seja uma bagunça. Sacos de lixo, peças de equipamentos antigos, malas... esse tipo de coisa.

Mas o nosso não era assim.

Minha mãe mantinha tudo organizado em baús. Com etiquetas. "Roupas." "Escola." "Universidade." "Cartas." E ali estavam os... "Diários".

Minhas mãos tremiam enquanto eu tateava com as chaves, tentando encaixá-las na fechadura. Por fim, uma delas virou, emitindo um clique. Abri o baú e olhei ali dentro, na pilha organizada de cadernos de capa preta. Estavam etiquetados por trimestre: "jan.-mar.", "abr.-jun." e assim por diante.

Tudo repugnantemente bem organizado.

Remexi tudo até encontrar o ano em que fui adotada. Peguei o diário "set.-dez.": os meses que cobriam o desaparecimento de Martha e a minha adoção.

Com o coração acelerado, corri o olho pelas páginas, em busca do meu nome.

Vi referências ao meu nome em 25 e 30 de setembro. Mas, àquela altura, eu era apenas uma possibilidade. Uma ideia de uma criança que eles nem sequer conheciam ainda. E então...

7 de out. – Conhecemos Lauren em Marchfield. Ela sorriu para mim. Pelo menos quero acreditar que foi um sorriso. Dave diz que foi mais parecido com um curvar acidental dos lábios. Lauren não sorri muito. O que não é surpreendente, imagino. Com Sonia Holtwood envolvida, tudo é muito tenso, e tenho certeza de que a garotinha percebe.

Abaixei o diário. Pela primeira vez desde que encontrei informações sobre Martha Lauren Purditt na internet, eu não tinha mais certeza se queria descobrir mais coisas. Senti um nó se formar em meu estômago. Quem era Sonia Holtwood? E em que exatamente todos eles estavam envolvidos?

Fiquei sentada ali por alguns instantes, com o diário no colo. Então, eu o peguei outra vez. Era tarde demais para desistir.

14 de out. – Eu não me permiti ter esperanças. Não quero me decepcionar outra vez...

20 de out. – A atitude de Sonia é inacreditável. Mas vamos seguir em frente de qualquer forma. Nada vai nos impedir de ficar com Lauren. Nada.

30 de out. – Lauren. Minha Lauren. Depois de todo esse tempo, está mesmo acontecendo. Nós a traremos de Marchfield para casa em dois dias.

E isso era tudo. Mais nenhuma referência a Sonia ou a Marchfield, apenas um monte de descrições de como os dois se sentiram quando me trouxeram para casa.

Mas, afinal, o que era e onde ficava Marchfield? Dei uma olhada na parte de trás do diário, onde havia um envelope plástico contendo alguns cartões de visita. E imediatamente encontrei um cartão amarelado com o título "Agência de Adoção Marchfield" estampado na frente.

A campainha tocou: um barulho estridente, longo e contínuo.

Dei um salto e corri em direção ao alçapão.

— Oi, Jam — ouvi Rory cumprimentar.

— Lauren! Ela está chegando! — o grito de Jam ecoou com urgência pelo corredor.

Enfiei o cartão de visita da Agência Marchfield no bolso, joguei o diário de volta no baú e desci correndo a escada portátil. Jam avançou rumo ao quarto de meus pais a tempo de me ajudar a enfiar a escada de volta no porão. Ela se ajeitou ali exatamente no instante em que a porta da frente se fechou.

— Já cheguei — minha mãe anunciou.

— Por que você não me ligou? — perguntei a Jam enquanto colocava cuidadosamente a chave de volta no gancho.

— Eu liguei, mas caiu direto na caixa postal. Tive que correr até aqui... e pelo caminho mais longo.

Olhei para meu celular; de fato estava no silencioso.

Rory estava parado na porta do escritório, dando uma risadinha para mim.

— Eu coloquei no mudo enquanto você pegava os meus chocolates — anunciou.

— Seu...

Avancei em sua direção, mas ele conseguiu escapar.

— Se você fizer alguma coisa comigo, vou contar para a mamãe que você estava bisbilhotando as coisas dela — ameaçou.

Eu o encarei.

— Tudo bem.

Eu me vingaria de alguma outra forma.

Fomos para o andar de baixo. Jam partiu sem minha mãe perceber. Ela estava de bom humor e fazia barulho na cozinha. Suspeitei que Carla tivesse lhe dado algo além de uma xícara de chá para beber.

— Que loucura — relatou minha mãe. — Pobre Jam... Eles vivem na mais incrível bagunça. Francamente, aquele lugar deveria passar por uma boa faxina. Mas é claro que a Carla está ocupada demais com as suas besteiras de hipnose-reflexologia-e-cor-da-aura.

Assenti sem ouvir de verdade. Minha mente estava voltada para o cartão da Marchfield no meu bolso. Saí da cozinha e fui para o meu quarto.

Com as mãos trêmulas, segurei o cartão.

Taylor Tarson, diretor
Agência de Adoção Marchfield
Main Street, 11303
Marchfield, Vermont, EUA

Estados Unidos. *Minha adoção aconteceu nos Estados Unidos?*

A foto da garota desaparecida no site surgiu em minha mente. Martha Lauren também era americana. Meu corpo ficou todo arrepiado.

Eu estava chegando cada vez mais perto da verdade.

Parte de mim queria me apressar outra vez até o andar de baixo, entrar violentamente na cozinha e confrontar minha mãe com o que eu havia encontrado. Mas que bem isso faria?

Ela é muito nova.

Ela continuaria sem me contar nada.

Além disso, ficaria louca da vida se descobrisse que eu estava bisbilhotando seus diários.

Seja lá o que tinha para descobrir na Agência de Adoção Marchfield, eu teria de descobrir sozinha.

5
Carla

A última semana de setembro foi quente e ensolarada. Com o tempo assim, eu de longe preferiria estar na casa de Jam, e não na minha. A grama no quintal dele era sempre alta e macia, perfeita para deitar.

No dia seguinte àquele em que li o diário de minha mãe, corremos para a casa de Jam depois das aulas. Imaginei que conseguiríamos passar uma hora no quintal antes da mamãe ligar me mandando ir embora para fazer a lição.

Enquanto eu estava sentada na grama, Jam saiu da cozinha trazendo um cacho de bananas, três salsichas veganas e alguns pacotes de biscoito.

— E então, qual é a distância entre Marchfield e Evanport? — ele perguntou enquanto abria um pacote de biscoito.

— Não é muito grande. Apenas alguns centímetros no atlas do Rory. — Virei o rosto na direção do sol. — Mas as duas cidades ficam em estados diferentes.

Jam colocou cuidadosamente uma salsicha entre dois biscoitos.

— O que você vai fazer? — ele questionou.

— Não sei — suspirei.

Que opções eu tinha? Não podia debater o assunto com meus pais. E eu já sabia que a agência de adoção não me contaria nada sem a aprovação dos dois.

Meu Deus, Marchfield nem sequer ficava no meu país.

Para onde quer que eu olhasse, não havia saída.

Peguei uma banana e comecei a descascá-la.

— Você vai comer só isso?

Dei de ombros. Não que eu seja maníaca por dieta nem nada disso. Mas detesto ser tão maior que o restante da família. Quer dizer, minha mãe é basicamente um cotovelo ossudo sobre as pernas. E eu sou mais alta até do que o meu pai.

Jam alongou o corpo na grama e deu uma mordida em seu sanduíche de salsicha e biscoitos.

— Sabe, Laurenzo, é uma pena você não se *lembrar* de toda essa coisa de adoção. Isso pouparia um tempão.

Eu o encarei. Por algum motivo, eu nunca tinha me dado conta de que as respostas para todas as perguntas do meu passado poderiam estar dentro da minha própria cabeça.

A porta principal bateu. Jam se sentou e resmungou:

— A lunática entrou outra vez no sanatório.

Um minuto depois, Carla passou a cabeça crespa pela porta.

— Acabei de chegar da minha hidrocolonterapia, queridos.

Corei.

— Que nojo, mãe! — exclamou Jam com uma careta. — Isso é excesso de informação.

Carla saiu no jardim e afofou os cabelos.

— Não seja tão estressado, querido. Tenho certeza que a Lauren já ouviu falar disso antes. O que *vocês dois* estão fazendo?

Seus olhos brilharam.

O rosto de Jam ficou vermelho.

— Mããe! — ele murmurou.

Carla piscou para mim.

— Só para avisar, tenho um cliente às sete e meia — ela anunciou. — E vou precisar que fiquem no mais absoluto silêncio.

E entrou outra vez.

Jam se deitou novamente na grama.

— Ela pode ser mais inconveniente? Na semana passada, eu a peguei contando àquele novo professor que ela desbloqueou a energia de uma mulher usando apenas o dedão do pé.

Dei risada.

— Parece doloroso — comentei. Em seguida, arregalei os olhos. — Será que a sua mãe pode me ajudar a lembrar do começo da minha vida? Quer dizer, com todas essas coisas que ela faz... recordação de vidas passadas, reflexologia, hipnose... Deve existir alguma forma de...

— Sem chance! — Jam olhou para mim. — Minha mãe é completamente louca.

— Qual é, Jam?! — insisti. — Vale a pena tentar. Pode ser que ela me ajude.

— Que ela ajude você a ficar maluca... Só se for.

Como percebi que seria impossível convencê-lo, fui sozinha até a cozinha. Carla estava parada na frente de um armário, puxando uma assadeira.

— Posso te pedir uma coisa? — arrisquei.

— Claro.

Ela fez um gesto para que eu me sentasse. Em seguida, colocou uma tigela cheia de uma meleca oleosa e alaranjada bem à minha frente.

Na última vez em que estive aqui, Carla preparou um tipo de hambúrguer vegetariano com formato de partes do corpo. Tínhamos que adivinhar qual parte era. "Uma liçãozinha de biologia, queridos."

Eu estava me perguntando o que era aquela meleca na tigela.

— Homus caseiro — anunciou Carla, me passando uma colher de pau. — Vamos lá, pode mexer — disse.

Peguei a colher e olhei hesitante para ela.

— Então você anda pensando nos seus pais biológicos? — Carla lançou, se sentando ao meu lado.

Fiquei boquiaberta.

— O Jam contou alguma coisa...?

— Ah, pelo amor! — Carla negou com a cabeça com tanta força que seus cachos voaram de um lado para o outro. — Ele é homem. É muito fechado. Que Deus o abençoe. Não. Foi a sra. Preocupação.

Por um instante, não tive a menor ideia do que ela quis dizer com aquilo. Então meus olhos se arregalaram.

— Minha *mãe* te contou?

— Não exatamente. — Carla sacudiu as pulseiras para que descessem por seu braço. — Mas eu uso a intuição para ganhar a vida. Posso perceber os sinais.

Peguei a colher de pau e mexi o homus alaranjado e grudento.

— Que sinais?

Ela acenou vagamente com a mão.

— Ah, querida. A questão é: como eu posso ajudar?

Senti meu rosto corando. Adoro o fato de Carla tratar crianças como adultos, mas a verdade é que eu tinha um pouco de medo dela. Ela era muito diferente da minha mãe.

Respirei fundo. Então soltei tudo de uma vez:

— Eu queria saber se você pode me hipnotizar para eu descobrir mais sobre a minha mãe e a minha família de verdade. Sobre a minha vida antes de ser adotada.

Carla arqueou as sobrancelhas.

— E o que você acha que a sra. Preocupação diria disso?

Fiquei vermelha.

Ela me encarou. Parecia confusa, incerta do que fazer.

— Acho que eu poderia te colocar em estado de relaxamento profundo — propôs. — Isso não faria mal algum.

Olhei para ela. Agora era minha vez de ficar confusa. O que antes parecia a coisa mais óbvia a fazer agora dava a impressão de ser um tanto bobo. Até assustador.

Abri a boca para dizer que talvez aquilo não fosse uma boa ideia, mas Carla se precipitou, dando um pulo.

— Ora, então venha cá. Se vamos mesmo fazer isso, que seja agora.

Meu coração foi parar na garganta.

— Não — gritei. — Não agora. Ainda não.

Carla jogou os cabelos para trás.

— É melhor agora do que quando você já tiver criado bloqueios internos. Venha.

Ela saiu da cozinha. Eu não tive escolha a não ser segui-la.

6
A memória

Percebi que estava muito encrencada quando Carla começou a me apresentar às suas velas.

— Esta é Evie, esta é Elsie e este é Tom — disse, apontando para três grandes bolas de cera em pires enfileirados na prateleira mais baixa. — Pelo menos aqui é a casa da chama do espírito deles. Eles são atraídos pelo fogo aqui na minha Sala da Paz Extrema. Deixe esses espíritos te envolverem e te levarem a outro espaço e a outro tempo.

A Sala da Paz Extrema de Carla — ou Sala da Patacoada Extrema, como Jam gostava de chamá-la — ficava no andar superior da casa, em um sótão reformado. Havia uma pequena janela e as paredes eram inclinadas de todos os lados, o que dava ao cômodo uma sombria sensação de conforto.

Os ruídos vindos lá de baixo — da TV e das irmãs de Jam brigando — desapareceram assim que Carla fechou a porta. Ela fez um gesto indicando que eu me sentasse em uma cadeira baixa, com estofamento roxo, no canto.

— Não fique tão nervosa — ela sorriu. — Não vou fazer uma lavagem cerebral em você.

— E o que você *vai* fazer? — questionei.

Eu já tinha me arrependido totalmente de ter lhe contado o que contei. O que eu tinha na cabeça? Não queria ninguém se metendo no meu cérebro, vendo todos os meus pensamentos secretos. Especialmente a mãe esquisita de Jam.

— Já disse. Vou te colocar em um estado de relaxamento profundo, e você vai conseguir se lembrar das coisas que estão enterradas nas profundezas da sua mente.

— Eu vou saber o que estou fazendo? — perguntei.

— É claro que sim. Só vou te ajudar a relaxar. Você vai estar no controle o tempo todo.

Sentei na cadeira, e Carla me pediu para imaginar que eu estava deitada de costas em um descampado vazio.

— Sinta o toque da grama sob suas mãos; sinta a doçura do ar fresco...

Parece estranho, eu sei. Mas, na verdade, era meio divertido. Depois de um tempo, eu me peguei realmente envolvida com tudo aquilo.

Carla pigarreou. Seus cachos sacudiram como sinos de vento.

— Vou contar até dez de trás para a frente — explicou com uma voz baixa e tranquila. — A cada número, você vai se desprender mais e sentir seu corpo mergulhar em um sono profundo. Mas sua consciência superior vai permanecer acordada e alerta. Dez, nove, oito...

A cada número, meu corpo se afundava mais e mais na cadeira. E eu me sentia deliciosamente leve e relaxada.

— ... três, dois, um.

Meu corpo todo afundou na cadeira. A sensação era esquisitíssima. Meu físico estava sonolento, mas eu permanecia, tipo, totalmente acordada.

— Bom, muito bom. — A voz de Carla era um zumbido tranquilo. — Agora você tem três anos. O que está vendo?

Num primeiro momento, não vi nada. Tentei me imaginar com três anos. Ursinhos de pelúcia. Piscinas de bolinha. Bonecas. Nada.

Meu Deus. Isso era uma total perda de tempo.

Parei de tentar e simplesmente me permiti relaxar na cadeira.

Então, de repente, uma imagem surgiu na minha cabeça. Eu era pequena. Muito pequena. Estava com um baldinho de plástico vermelho na mão. O chão era amarelo e se movia debaixo dos meus pés.

— Onde você está agora? — Carla perguntou

Em minha memória, mexi os dedos dos pés. Areia. Eu estava na praia. O sol brilhava. O mar rugia atrás de mim. Acenei para uma mulher mais adiante. O sol refletia em seus cabelos, em seu vestido branco. Ela parecia um anjo. Mas era de verdade. Ela acenou de volta para mim. E riu. Em seguida, virou e correu na direção de algumas pedras. Seus longos cabelos negros lhe caíam pelas costas. Soltei o balde. Eu precisava segui-la. Encontrá-la. Ver seu rosto.

— Lauren, Lauren.

Conforme a voz de Carla me trazia de volta ao presente, a mulher em minha memória ia desaparecendo. Uma terrível e esmagadora sensação de perda tomou conta de mim.

— Vou contar até dez — anunciou Carla. — A cada número, seu corpo vai despertar um pouco mais. Quando eu chegar ao dez, você vai estar totalmente acordada. ... Oito, nove, dez.

Abri os olhos. Eu estava de volta à Sala da Paz Extrema. De sua prateleira, Evie, Elsie e Tom piscavam para mim.

Senti um peso enorme no coração.

Carla abriu um sorriso encorajador.

— Como está se sentindo? — perguntou.

Vazia. Triste. Sozinha.

— Bem — respondi. — Mas não aconteceu nada.

Ela afofou os cabelos.

— Tudo bem, meu amor. Podemos tentar outra vez, em outra ocasião.

Enrosquei a memória nas mãos. Eu era Martha. E a mulher de cabelos escuros naquela praia era minha mãe verdadeira. Eu não tinha provas. Mesmo assim, em meu coração, eu tinha certeza disso.

Não conseguia parar de pensar nela. Antes, eu *queria* saber sobre o meu passado. Agora eu realmente *precisava* saber.

* * *

Passei a maior parte daquela noite acordada, tentando chegar a uma conclusão sobre o que fazer. Todas as opções me levavam à Agência Marchfield. Dei uma olhada na internet. A agência continuava localizada em Vermont. Taylor Tarsen ainda era o diretor.

Eu sabia que meu registro de adoção estava arquivado lá. Ele certamente guardava as pistas do que tinha realmente acontecido, não?

Sim. Esse arquivo seria meu ponto de partida. E, se a agência não estivesse disposta a mostrá-lo para mim, eu teria de ir a Marchfield e roubá-lo para ver com meus próprios olhos.

De qualquer jeito.

7
Férias

Rory estava se divertindo na sala de estar, girando de um lado para o outro com uma espada de brinquedo. Sua mais nova obsessão era *Legends of the Lost Empire*. Não apenas o filme, para o qual ele arrastou meu pai três vezes, mas também o livro (em áudio, claro) e o jogo de computador. Compramos até um cereal horrível para que ele pudesse colecionar todos os bonecos de plástico de personagens do jogo.

— Me mostra seus golpes, Rory — falei.

Ele estreitou os olhos.

— Por quê?

— Vamos — insisti com um sorriso. — Eu quero ver. Agora há pouco você estava fazendo papel de quê? De um duende malvado?

Ele me lançou um olhar de completo desprezo.

— Duendes não usam espadas. Eu sou Largarond, o elfo-rei de Sarsaring. — Ele ergueu a espada acima da cabeça. — Eu sou Largarond, pronto para matar.

— Incrível! — eu incentivei. — Você fica superlegal fazendo isso.

Rory não falou nada, mas, quando voltou a se movimentar, um sorriso lhe brotou nos lábios.

Sentei ali e observei por mais um ou dois minutos. Senti uma pontada de culpa pelo que estava prestes a fazer. Mas então lembrei que Rory havia, por vontade própria, colocado meu celular no silencioso uns dias atrás.

Ele merecia o que eu estava prestes a fazer.

Então me preparei para o golpe fatal.

— Tem um brinquedo incrível do *Legends of the Lost Empire* que acabou de abrir no Parque de Diversões Fantasma — contei.

Rory parou no meio do movimento com a espada.

— Como é? — ele quis saber.

— É demais. — Eu sabia que o brinquedo existia, mas não tinha muitos detalhes. Pensei rápido. — Tem uma floresta grande e escura onde você passa girando super-rápido. E... e, se você estiver sentado na frente, pode lutar contra os personagens principais.

Rory franziu a testa.

— Mas os personagens principais têm que enfrentar o exército de duendes e o bando de gnomos de Nanadrig.

— É verdade — concordei rapidamente. — Eu quis dizer que você fica com os personagens principais e enfrenta os malvados. O Jam me contou. Ele disse que é bem legal.

Embora eu tivesse inventado aquilo, a última parte foi um golpe muito genial da minha parte. O Rory adora o Jam. E qualquer coisa que o Jam ache legal, o Rory vai querer fazer.

— Quero andar nesse brinquedo — anunciou, avançando para a frente com a espada.

— Bem, você vai ter que pedir para a mamãe — falei, tentando esconder um sorriso. — Esse parque, o Fantasma, fica nos Estados Unidos.

Para ser mais precisa, ficava em New Hampshire, perto da capital do estado, Concord. Eu tinha passado a madrugada inteira em busca dos destinos de férias mais próximos de Vermont. O Fantasma era perfeito — um parque de diversões novo, especializado em atrações em ambientes fechados e relacionados a histórias de fantasia. Tinha um monte de coisas ligadas a contos de fadas, além desse novo brinquedo, que homenageava o enorme sucesso do filme, do livro e do detestável cereal da franquia *Legends of the Lost Empire*.

* * *

Depois de convencer Rory, o próximo passo era convencer a mamãe. Eu a lembrei casualmente de que ela vinha dizendo havia meses que deveríamos tirar férias em família.

— Eu sei, mas temos planos de comprar um carro novo ainda este ano — ela alegou. — Não podemos bancar isso e férias.

— Mas férias em família são mais importantes — defendi. — Quem se importa se o carro está meio velho?

Minha mãe arqueou as sobrancelhas.

— Bem, você se importou da última vez em que fui te buscar em uma festa. Disse que o carro era tão velho que chegava a dar vergonha. E também falou que ele fazia você se lembrar de mim.

— Desculpa por ter dito isso, mãe — murmurei. — Eu fui uma idiota. Mas é que... Bem, não vamos ter muitas oportunidades de tirar férias em família, não é? Quer dizer, logo eu vou estar velha demais para isso. Não seria melhor aproveitar enquanto eu realmente quero passar um tempo em família?

Ela olhou para mim, e então percebi que a tinha convencido.

O resto era fácil. Com Rory falando o tempo todo sobre o brinquedo do *Legends of the Lost Empire* e eu citando passagens inteiras tiradas do site de turismo de New Hampshire sobre a beleza extraordinária das paisagens do outono, minha mãe rapidamente passou a acreditar que uma viagem à costa noroeste dos Estados Unidos eram as férias ideais.

— Mesmo assim, vai ser muito caro — ela fechou a cara.

Eu estava preparada para ouvir isso.

— Não precisa ser — argumentei. — Eu já dei uma olhada. Eles estão com uma oferta especial no parque de diversões. E o Jam e eu procuramos voos baratos na internet ontem à noite.

Pensativa, minha mãe assentiu.

— Sabe, Dave, férias fariam bem a todos nós — ela justificou ao meu pai naquela noite. — Já se passaram dois anos desde que fizemos nossa última viagem em família.

Meu pai murmurou alguma coisa sobre seu adicional de férias no trabalho. Mas eu podia ver que, se minha mãe quisesse mesmo ir, ele não discutiria muito.

Mostrei aos dois a pesquisa que Jam e eu tínhamos feito sobre o destino.

— Vamos ter que esperar algumas horas em uma conexão em Boston — expliquei. — Mas os voos estão baratos.

Tínhamos passado horas estudando as conexões. Pelo que pude ver, Boston era a cidade grande mais próxima de Vermont. Enquanto minha mãe e os outros estivessem esperando o voo para New Hampshire, eu poderia tomar um avião de Boston para Burlington, em Vermont, e, de lá, um ônibus para Marchfield.

Só faltava o dinheiro.

* * *

Durante os próximos dias, fiz um montão de atividades para os nossos vizinhos e supermercado para a minha mãe. Nosso voo estava programado para o início da manhã da sexta-feira, começo das férias — perderíamos um dia inteiro de aula. Jam veio me visitar na noite da terça anterior. Eu estava no quarto, arrumando a mochila que levaria a Marchfield.

Percebi que havia algo estranho assim que Jam apareceu na porta. Seu rosto parecia corado, e ele segurava algo atrás de si meio sem jeito.

— O que foi? — perguntei.

Jam estendeu a mão. Ali, em sua palma, estavam duas notas perfeitas de cem dólares.

— Onde você arrumou isso?

Ele deu de ombros.

— Entregando jornal, aniversário... E minha avó enviou mais um pouco. Eu estava economizando para comprar um computador.

Mordisquei o lábio. Eu sabia quanto Jam queria ter seu próprio computador. Ele detestava ter que dividir o PC com as irmãs.

— Você é um amigo e tanto, Jam — falei. — Eu vou devolver, prometo.

Ele sorriu.

— Talvez. Quando você voltar.

Então minha mãe começou a berrar no andar de baixo.

Corri para fora do quarto.

— Você não pode fazer isso, Dave — ela gritou.

Eu tinha me dado conta do que estava errado antes de meus pés tocarem o último degrau da escada: meu pai dizia que estava ocupado demais no trabalho para sair de férias.

Como era de esperar, enquanto eu corria para a cozinha, ouvi a declaração:

— Mas é o maior cliente que já apareceu na empresa!

Minha mãe e meu pai olharam para mim.

Ela secou furiosamente as mãos em um pano de prato.

— Explique para ela — cuspiu.

Derrotado, meu pai murmurou alguma coisa sobre pressões no trabalho e um novo e grande contrato, mas eu não estava nem ouvindo. Eu tinha dado um duro danado para me preparar para essa viagem, e agora lá estava ele, dizendo que não poderíamos ir.

Minha mãe me observava, retorcendo o pano de prato em volta da mão.

Quando meu pai terminou de falar, eu me virei para ela.

— Mas você, eu e o Rory ainda podemos ir, não podemos? — falei.

Ela apertou o maxilar.

— Se o seu pai não pode ir, então não vão ser férias em família *de verdade*. — Ela o encarou. — Portanto, não, não podemos.

— Mas... mas vamos perder todo o dinheiro se cancelarmos agora.

Eu não conseguia acreditar. Simplesmente não conseguia acreditar que todos os meus planos estavam caindo por terra.

Minha mãe apertou os lábios.

— Isso é tão, tão injusto!

Saí em disparada. Os gritos começaram outra vez antes que eu chegasse ao meu quarto. Bati a porta e me joguei na cama. Jam continuava ali, olhando pela janela.

A mochila que eu tinha preparado estava em um canto. Eu podia ver uma ponta da minha bolsa rosa saindo pelo bolso da frente. Pensei em todo dinheiro que tinha economizado, em Jam, que havia me dado suas economias, e então as lágrimas arderam em meus olhos.

Jam deu meia-volta. Nem precisei perguntar se ele tinha ouvido o que acontecera. Até quem estivesse a três quarteirões de casa certamente teria ouvido.

— Talvez você consiga convencer sua mãe a deixar outra pessoa ir no lugar do seu pai — ele sugeriu. — Assim vocês não perdem o dinheiro.

Eu o encarei. Parecia uma aposta arriscada, mas valia a pena tentar.

— Mas quem? — questionei, franzindo a testa.

Quem minha mãe estaria disposta a levar no lugar do meu pai? Um irmão ou uma irmã dela, talvez? Mas ela não tinha irmãos. Quem sabe uma amiga?

Jam sorriu para mim, como se esperasse que eu entendesse alguma piadinha. E então me dei conta. Corri de volta para o andar de baixo. Meu pai já desaparecia pela porta da frente.

— Espera — gritei, mas ele não parou.

Ela estava parada diante da pia, esfregando com força uma panela que já brilhava. Ela não virou quando eu entrei.

— Por que não levamos o Jam, já que o papai não pode ir? — propus.

Minha mãe esfregou os olhos.

— Acho que não funcionaria, Lauren. Era para ser férias em família. Seria melhor reagendarmos tudo.

— Reagendar não resolve. Como eu disse antes, se cancelarmos a viagem a essa altura, não vamos receber nem um centavo de volta.

— Fiz uma pausa. — Ah, mãe, é claro que seria melhor com o papai, mas você sabe que o Jam é super-responsável. Ele pode ajudar em tudo.

Minha mãe abaixou a esponja e deu meia-volta para me olhar. Suspirou.

— Eu sei como você estava animada com essas férias. E você está certa. O Jam é muito maduro para a idade dele, embora isso só seja verdade porque a Carla faz o garoto carregar muita coisa nos ombros. — Ela fez uma pausa. — Mas é provável que seja tarde demais para mudar as passagens. Além disso, pode ser que o Jam não queira ir.

— Não é tarde e ele quer ir.

Todos os músculos do meu corpo ficaram tensos, prontos para golpear as justificativas de minha mãe como se fossem moscas.

Ela suspirou.

— Está bem, está bem, mas... — Seu rosto endureceu. — E quanto aos arranjos para dormir? — disse, e suas bochechas coraram. — Quer dizer, você tem catorze anos, o Jam acabou de completar quinze, e eu não quero... ou melhor, eu não vou deixar você...

Olhei para o chão, sentindo o calor se espalhar pelo rosto.

— Mãe — falei com uma voz rouca. — Não é nada disso. O Jam e eu somos apenas amigos.

Ela levou as mãos à cintura.

— E o Jam pensa a mesma coisa?

— É claro que sim. De qualquer forma, eu durmo com você, e o Jam pode dormir com o Rory. O Rory vai adorar a ideia.

— Tudo bem — ela finalmente concordou. — Vou ligar para a Carla.

8
Estados Unidos

Eu já sentia o estômago na boca antes de a comissária de bordo anunciar que estávamos pousando no Aeroporto Internacional de Boston.

Os últimos dias foram supercorridos. Nossas passagens não eram reembolsáveis, então tivemos de pagar uma taxa para trocarem os bilhetes com o nome do meu pai por outros com o nome de Jam. Foram necessárias sete longas e frustrantes ligações, com minha mãe murmurando de um jeito bem pessimista que aquilo não daria certo. Então levamos um baita susto na noite de quinta-feira, quando Jam não conseguia encontrar seu passaporte. No entanto, uma vez que embarcamos no avião, não havia nada a fazer a não ser pensar.

E meus pensamentos levavam a uma única e inevitável conclusão: eu estava totalmente maluca.

Eu planejava encontrar uma forma de sumir em um aeroporto desconhecido, comprar uma passagem para outro aeroporto desconhecido, depois tomar um ônibus para um lugar onde eu jamais estivera, para descobrir informações que eu tinha certeza de que ninguém me daria.

Olhei para o outro lado do corredor, onde Jam dava algumas dicas de *Legends of the Lost Empire* para um Rory hipnotizado. Ele deve ter percebido que eu o observava, pois ergueu o olhar para mim e sorriu.

É claro que eu jamais admitiria para nenhuma alma viva, mas a verdade é que não sei se eu teria coragem de seguir adiante com meu plano se eu não estivesse com Jam.

Não me levem a mal. Não sou nenhuma desmiolada medrosa que precisa de um cara forte para cuidar dela. Estou acostumada a ir sozinha de um lado para outro de Londres. E já viajei de avião antes também.

Mas isso era algo grandioso. E eu precisava de um amigo para dividir a experiência. Meu melhor amigo.

* * *

Levamos muito tempo para passar pela alfândega e pela imigração. Depois de quase uma hora na fila, chegamos ao balcão, onde nos deparamos com um guarda nada sorridente. Ele nos pediu para colocar nossos indicadores em uma superfície cheia de ranhuras em uma caixinha, para que nossas impressões digitais ficassem registradas no aeroporto. Depois nos fez ficar em pé em frente a uma câmera minúscula para tirar nossa foto. Toda vez que ele me olhava, eu me sentia culpada.

Minha mãe estava toda confusa. Preocupada com a possibilidade de nossas malas extraviarem. Preocupada com a possibilidade de um dos guardas nos parar e nos arrastar para um interrogatório. E aflita com a possibilidade de ter esquecido alguma coisa em casa.

Quando chegamos ao saguão do aeroporto, livres para andar de um lado para o outro até o próximo voo, uma hora mais tarde, não sei quem de nós estava mais exausto. Pelo menos isso tornou mais fácil minha tarefa de convencer a mamãe a nos dar mais dinheiro.

— O Jam e eu queremos dar uma volta por aí — expliquei. — Não vamos comprar nada, mas é melhor ficarmos com um pouco de dinheiro para o caso de acontecer algum imprevisto e não conseguirmos te encontrar depois.

Minha mãe sacou um bolo de notas de dólares da bolsa e as passou para mim.

— É para usar só em caso de emergência — avisou secamente.

Concordei com a cabeça, tentando ignorar a culpa que estapeava minha consciência.

Para mim, isso é uma emergência.

— E, pelo amor de Deus, guarde o dinheiro no sapato.

(Esse era o seu local antirroubo preferido.)

— Posso ir com vocês? — resmungou Rory.

— Não — rebati.

De repente, meus nervos pareciam tão tensos a ponto de quase se romperem.

— Mais tarde podemos dar uma olhada nos jogos no free shop — Jam propôs, botando panos quentes na situação.

— Bem mais tarde — murmurei.

Então, com um suspiro preocupado, minha mãe me deu um beijo na bochecha e lembrou pela décima vez onde deveríamos nos encontrar para tomar o voo para New Hampshire.

Conforme eu me distanciava, me dei conta de que minhas mãos estavam tremendo.

— Vamos ver quanto dinheiro temos — falou Jam.

Forcei um sorriso. Sempre dava para contar com Jam para os detalhes práticos. Dei uma olhada na bolsa. Quinhentos e vinte e três dólares, incluindo os duzentos que Jam tinha me dado. Além disso, ele tinha cento e oitenta dólares que sua mãe lhe dera, totalizando setecentos e três dólares.

Meu coração deu um salto. Então tinha chegado a hora. Agora era tudo ou nada.

— É uma pena gastar tudo isso em passagens de avião e ônibus — murmurou Jam.

— O quê? — falei.

Ele corou.

— Foi só um comentário. Ei, fica calma. Para mim não tem problema nenhum.

— Tudo bem. — Respirei fundo. — Então, onde compramos as passagens para Burlington?

* * *

Eu não teria conseguido sem o Jam. Em primeiro lugar, ele tinha quinze anos, portanto já podia viajar sozinho. Eu tinha catorze, por isso a maioria das companhias exigia que eu estivesse acompanhada de alguém da idade dele ou mais velho. Em segundo lugar, o Aeroporto Logan, em Boston, era grande. Não era maior que os aeroportos da minha cidade, mas ainda assim era muito confuso. Eu tinha pesquisado tudo na internet — precisávamos de uma passagem de Boston para Burlington, e depois outra de Burlington para Concord. Mas descobrir onde comprá-las e ter certeza de que tínhamos todas as informações necessárias foi muito mais difícil do que eu imaginava.

E tinha também o lance da compra das passagens. Tínhamos toda uma história combinada — éramos primos e encontraríamos nossa família em Vermont, e meu pai tinha dado o dinheiro para as passagens. A jovem ocupada no balcão engoliu tudo, apenas dando uma olhada em nosso passaporte e mal ouvindo nossas explicações. Mesmo assim, minhas pernas pareciam gelatina quando pegamos as passagens nas mãos.

Se Jam não estivesse ali, francamente, acho que eu teria desistido. Mas nós conseguimos. Compramos as passagens. Encontramos o portão e embarcamos no voo doméstico.

Enquanto o avião taxiava pela pista, dei uma olhada no relógio. Essa região dos Estados Unidos estava cinco horas atrás da Inglaterra — aqui ainda eram onze da manhã.

Teoricamente, deveríamos encontrar minha mãe em breve. Senti outra pontada de culpa. *Se a mamãe tivesse conversado comigo*, eu disse a mim mesma, *não precisaríamos fazer isso.*

Desliguei o celular e pedi a Jam para desligar o dele também. Assim que pousássemos em Burlington, eu enviaria uma mensagem à minha mãe dizendo que estávamos bem e que seguisse viagem a New Hampshire, que nós a encontraríamos lá.

Em meu coração, eu sabia que era impossível minha mãe entrar naquele avião sem mim. Mas o que eu poderia fazer com relação a isso?

A culpa é dela mesma. Ela não devia ter mentido.

* * *

Burlington era congelante. Do avião, avistamos o topo das montanhas coberto de neve, mas mesmo assim eu não estava preparada para o vento gelado que nos atingiu quando saímos da aeronave. Esse foi o primeiro sinal de que eu não tinha planejado tudo tão bem quanto imaginava.

— Eu devia ter trazido uma touca — falei, apertando a jaqueta em volta do corpo.

O lado de fora do aeroporto era todo de concreto cinza, com um enorme estacionamento de um lado.

— Olha ali. — Jam apontou para uma fileira de ônibus.

Pela minha pesquisa na internet, eu sabia qual linha parava em Marchfield. Infelizmente, porém, tivemos de esperar quase duas horas até o próximo ônibus.

Por fim, saímos do aeroporto e nos deparamos com algumas vias amplas e vazias, marcadas com placas verdes. Para além delas, surgiam grandes campos cobertos de gelo, e, no horizonte, enormes colinas, repletas de neve.

Os carros que por ali trafegavam pareciam maiores e mais longos do que os de nossa cidade. No entanto, foi a amplitude do lugar que mais chamou minha atenção. As estradas eram muito largas, e a paisagem em volta delas parecia seguir até o infinito. Até o céu parecia maior.

Na parte de trás do ônibus, eu me aconcheguei a Jam. E me senti estranhamente calma. Tínhamos passado por todas as dificuldades juntos. E agora só faltava descobrir o que aconteceria na agência de adoção.

O ônibus era bem aquecido e, depois de um tempo, senti a cabeça pesar. Caí em um sono calmo e profundo.

Eu estava outra vez na praia, cambaleando pela areia. Via a mulher de cabelos longos escuros um pouco adiante. Ela entrava e saía de trás das pedras, rindo. O sol brilhava em meu rosto. Eu estava feliz. Avancei pela areia em direção às rochas. Lá estava ela. Dessa vez eu a encontraria.

Acordei desorientada. Jam continuava dormindo, o cotovelo batendo na lateral do meu corpo, a cabeça encostada em meu ombro.

Olhei pela janela. Os descampados tinham ficado para trás, abrindo espaço para uma densa floresta de pinheiros. Olhei a hora. Pouco mais de três da tarde. Já estávamos viajando havia quase uma hora.

Minha mãe. Engoli em seco. Eu tinha me esquecido completamente de enviar uma mensagem para ela. Peguei o celular e o liguei. *Ah, não.* Rolei a tela e vi vinte mensagens de texto e de voz, uma mais histérica que a outra.

A culpa cresceu novamente dentro de mim. Não. Eu não me permitiria sentir pena dela. Digitei rapidamente uma mensagem.

> Td bem com a gnt. Te vejo depois.

Hesitei. Eu sabia que a mensagem não deixaria minha mãe nem de longe satisfeita. Mas pelo menos ela saberia que estávamos bem. Apertei "enviar" e desliguei o celular outra vez.

Cerca de meia hora depois, chegamos a Marchfield. Enquanto passávamos pelos arredores da cidade, por infinitas fileiras de árvores baixas e distantes umas das outras, senti um milhão de nós se formando em meu estômago.

Tudo dependia do que aconteceria nas próximas horas.

*   *   *

O motorista do ônibus sorriu quando perguntamos se ele sabia onde na Main Street ficava o número 11303.

— É a Agência de Adoção Marchfield — expliquei.

— Vocês são um pouco jovens para pensar em adotar uma criança, não? — ele brincou.

Fiquei vermelha.

A Main Street parecia um pouco precária se comparada às mansões que tínhamos acabado de ver minutos atrás — muitas das lojas estavam interditadas e o lixo se espalhava pelas calçadas.

O motorista nos deixou no começo da rua.

— Está tudo bem com você? — Jam perguntou enquanto víamos o ônibus se distanciar.

— É claro que sim — menti.

Aliás, minhas pernas tremiam tanto que eu nem sabia se conseguiria andar. O que eu estava fazendo? De onde eu tiraria coragem para ir até a agência de adoção e seguir com o plano que meu amigo e eu tínhamos bolado?

Jam me abraçou, e minha cabeça descansou em seu peito. O coração dele batia acelerado debaixo do suéter. Eu o abracei de volta. Ele também devia estar com muito medo.

De alguma forma, saber disso ajudava. Eu me afastei um pouco, cerrando os dentes.

— Está bem — falei. — Vamos em frente.

9
Acesso negado

A agência ficava do outro lado da Main Street. A rua se tornava ligeiramente mais viva conforme andávamos. Agora víamos menos construções interditadas e mais prédios comerciais, ainda que tivessem as janelas sujas e a pintura descascando. Não avistávamos quase ninguém por perto, mas os carros passavam constantemente, fazendo barulho.

Lá de casa, eu imaginava a agência como uma mansão, ladeada por um elegante gramado. No entanto, era apenas um bloco pobre de concreto, sem nada que a fizesse se destacar das demais construções da rua.

Fiquei ali fora, com o estômago agitado feito uma máquina de lavar.

— Tudo bem, Laurenzo? — Jam apertou meu braço.

Assenti lentamente e abri a porta.

Uma mulher enorme, com uma saia de elástico na cintura, estava parada ao lado da mesa da recepção.

— Olá, posso ajudá-los?

Engoli em seco. *Chegou a hora. Não estrague as coisas.*

— Meu nome é Lauren Matthews. Fui adotada aqui — expliquei, tentando controlar o tremor na voz. — Gostaria de conversar com o sr. Tarsen. Ele foi o responsável. Quer dizer, ele cuidou da minha adoção.

Um brilho de surpresa se estampou no rosto da mulher.

— Certo — ela falou lentamente. — Você tem hora marcada?

— Não. — Engoli em seco. — Eu estou por aqui em... em férias, então achei que seria... Pensei que poderia conversar com ele.

A mulher franziu a testa.

— Vamos fechar em dez minutos, querida. Saímos mais cedo para o fim de semana. Por que não marca um horário na segunda-feira?

— Não — Jam e eu dissemos ao mesmo tempo.

O pânico me subiu pela garganta. Nosso plano consistia em voltar ao aeroporto de Burlington o mais rápido possível. Depois que compramos as passagens de avião e ônibus, nos restaram precisamente quarenta e três dólares. Seria impossível ficar ali até segunda-feira.

— Por favor, me deixa conversar com ele. *Por favor* — implorei.

Senti as lágrimas brotando. Pisquei furiosamente para afastá-las.

— Bem, vou ver o que posso fazer — a mulher respondeu, em tom de incerteza.

Ela apontou para um sofá próximo à mesa antes de falar em voz baixa ao telefone.

Esperamos. Alguns minutos se passaram, e, em seguida, o telefone tocou. A mulher bufou enquanto inclinava o corpo sobre a mesa.

— Recepção — atendeu.

Falou em voz baixa outra vez por alguns segundos, e depois olhou surpresa em nossa direção.

— O sr. Tarsen já está descendo — anunciou.

* * *

Eu esperava me deparar com um homem de ar importante, mas o sr. Tarsen se parecia um pouco com um rato — pequeno, o nariz ligeiramente pontudo. Quando me ofereceu um aperto de mãos, sua palma estava úmida.

— O elevador fica bem aqui — ele disse com um sorriso.

Seus olhos brilharam na direção de Jam antes de se voltarem para mim. Percebi o cheiro de uma colônia azeda quando ele se virou.

Meu coração bateu forte, barulhento no silêncio abafado do elevador. Nós três saímos no primeiro andar, e o sr. Tarsen nos guiou por um longo corredor. Meus olhos se fixaram em sua nuca, onde tufos de pelos grisalhos saltavam da gola alta branca.

Ele parou diante de uma porta com os dizeres "Centro de Recursos".

— Gostaria de conversar sozinha com o senhor — falei.

O que não era estritamente verdade, claro. Eu preferiria, de longe, que Jam ficasse ao meu lado. Mas o primeiro passo do nosso plano consistia em conversar com o sr. Tarsen enquanto meu amigo dava uma bisbilhotada pela agência para descobrir onde estava meu registro.

O homem pareceu ligeiramente surpreso.

— Tudo bem. Seu namorado pode esperar com a minha assistente — ele propôs.

— Ele não é... — comecei a dizer, mas o sr. Tarsen já conduzia Jam para a sala ao lado.

— Não vamos demorar — afirmou.

Ele voltou e me acompanhou até o interior do Centro de Recursos. Uma longa fileira de armários levava a uma pequena janela. Havia alguns sofás surrados e uma caixa de plástico cheia de brinquedos em um canto. Eu me ajeitei na beirada de um dos sofás. Minha boca estava seca. *Que diabos estou fazendo?* Eu sentia que poderia vomitar a qualquer instante.

O sr. Tarsen se sentou à minha frente. Havia um pôster emoldurado na parede atrás dele, coberto com fotografias instantâneas de famílias sorridentes e algumas palavras escritas com uma fonte arredondada na parte inferior: "Marchfield faz milagres. Todos os dias".

Pude ouvir a voz de Jam dentro da minha cabeça. *Dava para ser mais cafona?* Desejei que ele estivesse comigo.

— Como posso ajudá-la, Lauren?

O sr. Tarsen tinha um jeito atencioso, mas bem profissional. Parecia que tinha adivinhado que eu estava decepcionada, e que, embora tentasse me dizer que sentia muito, não tinha tempo para me ver chorar.

Contei minha história: que tinha sido adotada naquela agência onze anos atrás, mas que meus pais nunca haviam me contado nada sobre a minha vida antes da adoção.

Não mencionei Martha Lauren Purditt.

— Eu preciso muito saber de onde eu venho — expliquei. — E pensei que talvez o senhor pudesse me contar algo sobre a minha mãe biológica.

Uma longa pausa se instalou.

O sorriso do sr. Tarsen pareceu um pouco tenso.

— Sinto muito, Lauren, mas não posso ajudá-la.

— Por que não?

Senti um nó se formar em meu estômago. Eu sabia o que estava prestes a acontecer, mas tinha que parecer surpresa e fingir que estava decepcionada, como se eu não esperasse aquela confissão.

— Até você completar dezoito anos, não pode ver sua certidão de nascimento original sem a aprovação de um dos seus pais ou de algum responsável legal. E você já deixou claro que seus pais adotivos não aprovam isso. Aposto que eles nem sabem que você está aqui. Ou sabem?

Corei. O sr. Tarsen sacudiu a cabeça de um jeito bem condescendente.

— Receio que eu estaria infringindo a lei do estado de Vermont se lhe contasse qualquer coisa — continuou.

— Ah — lamentei. — Ah, não! — Minha voz soava falsa até para os meus ouvidos.

Enquanto isso, eu me perguntava como Jam estava se saindo em sua busca.

O sr. Tarsen me encarou.

— Não é só a sua idade — ele explicou. — Dei uma olhada em seu arquivo antes de ir encontrá-la. No seu caso específico, a mãe preencheu um pedido de não divulgação assim que você foi adotada. Isso significa que ela não quer que você saiba quem ela é ou onde está. Nunca.

O nó em meu estômago se apertou. Aquilo era verdade? Eu tinha vindo até a agência ciente de que teria de ser cautelosa com relação ao que queria. Afinal, era provável que a agência soubesse pelo menos parte do que realmente acontecera. Uma sombra de dúvida se arrastou para dentro da minha cabeça. Talvez eu tivesse entendido tudo errado. Talvez meus pais e a agência estivessem falando a verdade. E eu simplesmente fosse uma criança indesejada pela própria mãe.

Não. Não podia ser verdade. Eu tinha me lembrado da minha mãe, tinha sonhado com ela. Ela me amava. Ela não queria me perder.

O sr. Tarsen ajeitou o corpo na cadeira.

— Sei que é difícil — falou.

— O senhor está me dizendo que pode ser que eu nunca descubra? — perguntei. — Sobre o meu passado?

— Lamento por não poder ajudar mais. — E se levantou, com um sorriso condescendente mais pronunciado agora. — Além do mais, você não quer que eu vá preso, quer?

Olhei para sua gola alta branca.

Talvez por atentado contra a moda.

Ele acenou na direção da porta.

Faça alguma coisa.

— Você não pode me dizer nada sobre a minha mãe? — insisti. Eu sabia que estava entrando em um território perigoso. A última coisa que eu queria era que o sr. Tarsen descobrisse o que eu sabia sobre Martha, mas eu precisava ajudar Jam a ganhar mais tempo para bisbilhotar. — Você não a conheceu?

Ele negou com a cabeça e foi andando até a porta. Meu coração acelerou. Seria impossível Jam ter encontrado meu registro tão rápido assim.

— Espere — falei. — E quanto a Sonia Holtwood?

Eu me lembrava de ter visto o nome nos diários da minha mãe. Sabia que era arriscado citar esse nome — afinal, fosse quem fosse, ela estava claramente envolvida, de alguma forma, com minha adoção. Mas eu estava desesperada. Precisava ganhar tempo.

O sr. Tarsen parou com a mão na maçaneta e deu meia-volta para me encarar.

— De onde você tirou esse nome? — perguntou lentamente.

— Eu vi escrito em algum lugar — respondi, incapaz de pensar em uma desculpa plausível para ter lido os diários da minha mãe. — Quem é ela? Alguém que trabalhou aqui? Ou é minha... minha mãe verdadeira? Ou... — Olhei para baixo, pressionando as mãos contra a calça jeans, em uma tentativa de evitar que tremessem.

Uma longa pausa se instalou. Pude sentir os olhos do sr. Tarsen me perfurando.

— O que mais você descobriu, Lauren? — ele quis saber.

— Nada.

Meu rosto queimava.

Droga. Droga, droga, droga.

Mais uma longa pausa.

— Às vezes, é difícil para as crianças adotadas aceitarem a realidade — o sr. Tarsen disse, em um tom suave. — Então criam contos de fadas. Histórias de terem sido abandonadas, de terem sido roubadas de sua casa.

Ergui o olhar em sua direção.

— É isso, Lauren? — ele continuou. — É isso que você acha que aconteceu com você?

Continuei em silêncio, o coração acelerado. O sr. Tarsen olhou atentamente para o meu rosto. Ele sabia o que tinha acontecido? Ou estava simplesmente imaginando o que eu poderia estar pensando?

Então veio até mim.

— Acredite em mim, Lauren. Sonia era uma jovem irresponsável, incapaz de criá-la.

— Então ela *era* minha mãe? — as palavras saíram em um sussurro.

O sr. Tarsen me olhou com um misto estranho de frustração e algo mais que não consegui identificar. O que era? Pena? Medo?

— Percebo que você ainda não está preparada para se desprender de tudo isso. — Ele olhou para o relógio em seu pulso. — Mas não podemos continuar conversando agora. Quem mais sabe que vocês dois estão aqui?

— Ninguém — respondi. — Apenas o motorista do ônibus de Burlington.

O sr. Tarsen ajeitou a gola do suéter.

— Está bem. Vamos fazer o seguinte... — Ele tirou uma carteira de couro do bolso e pegou duas notas. — Tome isso. Ao sair da agência, siga para o lado esquerdo. Ande dois quarteirões pela Main Street e você vai ver o Hotel Piedmarch.

E colocou o dinheiro na minha mão.

Meu Deus! Cento e cinquenta dólares.

Olhei para ele.

— Você quer que a gente fique aqui, em um hotel?

Impaciente, o sr. Tarsen assentiu.

— Descansem bem à noite. De manhã, vamos ligar para os seus pais e pedir que venham buscá-los e levá-los para casa. Eles podem me devolver o dinheiro depois.

Franzi a testa. O que estava acontecendo? Um minuto atrás, esse cara era o sr. Aplicação da Lei. Agora estava me oferecendo dinheiro e agindo como uma espécie de representante dos meus pais. Não fazia o menor sentido.

Eu me levantei. O sr. Tarsen me acompanhou até o lado de fora.

Jam estava esperando perto do elevador. O sr. Tarsen pousou a mão em meu ombro, me guiou até o elevador e depois até a porta principal.

— Não se preocupe, Lauren. A gente se vê amanhã — ele disse.

E, de repente, Jam e eu estávamos sozinhos na rua. Já estava escuro agora, eram quase cinco e meia da tarde. E fazia ainda mais frio que antes.

Puxei a jaqueta em volta do corpo.

— E aí? — perguntei. — Descobriu alguma coisa?

— Sim. — Jam mordeu o lábio furiosamente. — Sei onde está o arquivo com as informações da sua adoção. Ou pelo menos sei onde está guardado. Mas é impossível ler o que tem nele com todo mundo ali. Vamos ter que voltar durante a noite.

10
Arrombando a agência

Sentei na cama do hotel e liguei para o serviço de quarto. Eu nunca tinha feito nada parecido antes, então senti um nó no estômago enquanto fazia o pedido. O que soa ridículo, considerando tudo o que eu já tinha feito — e planejava fazer — naquele dia.

— Um Piedmarch burger com bacon e queijo extra. Um Piedmarch burger light. Duas Cocas zero. E uma porção de batatas... quer dizer, fritas, por favor.

Quando desliguei o telefone, Jam saiu do banheiro depois de tomar banho e se trocar.

— Você pediu algo para comer? — perguntou. — Estou morto de fome.

Confirmei com a cabeça.

Estávamos no Hotel Piedmarch. Na verdade, não queríamos entrar ali, mas estava frio demais lá fora — e não conhecíamos nenhum outro lugar aonde ir. Não existiam outros lugares para ficar na Main Street. Pagamos antecipadamente pelo quarto, o que levou o homem de cara feia na recepção a não fazer nada além de arquear uma sobrancelha. O quarto era limpo, mas feio, e dominado pela enorme cama de casal na qual eu estava sentada.

Talvez não devêssemos ter escolhido o menor — e mais barato — quarto disponível. De repente, me senti constrangida pela ideia de dividir a cama com Jam.

Olhei para o outro lado do quarto, para o guarda-roupa minúsculo, que eu já sabia que estava vazio, exceto pela presença de três cabides de ferro.

— Não quero passar a noite aqui — anunciei.

Jam deu de ombros.

— Não temos escolha.

Fechei a cara, ciente de que ele estava certo. Nosso plano consistia em invadir a agência, encontrar meu arquivo e depois pegar um ônibus direto até o aeroporto de Burlington. Mas os ônibus não passavam durante a noite. O primeiro saía às seis e meia da manhã. O que significava que teríamos de programar o retorno à agência para bem mais tarde. Para o meio da madrugada.

Minha mente se concentrou no sr. Tarsen. O que ele realmente sabia? E por que decidiu nos ajudar tanto na última hora? Eu não conseguia entender por que ele simplesmente não nos forçou a telefonar para a minha mãe — ou até para a polícia — naquele exato momento. Independentemente do que ele estivesse aprontando, a última coisa que eu queria era esperar para vê-lo no dia seguinte de manhã.

Ouvi alguém bater com força à porta.

Jam abriu. Uma jovem com tranças loiras estava parada ali. Ela sorriu e entregou a Jam a bandeja com o nosso pedido.

Ele pagou em dinheiro, então colocou a bandeja na mesa abaixo da janela. A garota não tirou os olhos do meu amigo enquanto fechava a porta.

— A menina estava de olho em você — falei, contente por mudar de assunto por um instante.

A nuca de Jam ficou vermelha.

— Não, não estava. — Ele se virou para me olhar. — E você se importaria se ela estivesse?

— Ah, vai ver que sim. — Fingi desfalecer, levando as costas da mão à testa. — Afinal, há meses estou interessada em você, mas é segredo.

Agora o rosto todo de Jam ficou vermelho.

Droga. Droga. Droga. Ele acha que estou falando sério!

— É brincadeira — eu me apressei em esclarecer.

— Tudo bem. — Jam deu de ombros e apontou para o Piedmont burger light. — Pelo amor de Deus, o que é isso? Comida para quem está de dieta?

Olhei para o minúsculo hambúrguer envolvido em uma folha de alface murcha. Parecia muito menos apetitoso do que o sanduíche com queijo e bacon extras.

— Tenho certeza que o gosto é bom — falei de modo nada convincente.

— Por que vocês, garotas, se preocupam tanto em engordar? — Jam lançou. — Se você comer coisas ruins, vai acabar com uma aparência ruim também.

Uau! Olhei para ele. Jam nunca, nunca mesmo, fez qualquer comentário sobre minha aparência. Senti meu peito se apertar.

— Não importa — falei, tentando disfarçar que eu tinha ficado magoada. — Me conta o que a secretária do sr. Tarsen falou.

— Eu... — Jam me observou por um segundo. — Eu perguntei como eles mantinham todos os registros. Você sabe, coisas de nerd, tipo, quando eles começaram a armazenar as coisas online e tal... Ela me disse que os contatos e documentos mais antigos ainda estavam arquivados em papel. O arquivo fica no Centro de Recursos.

Um silêncio desconfortável se instalou enquanto Jam mastigava seu hambúrguer. Tentei pensar em algo para dizer.

Você acha mesmo que minha aparência é ruim?

— Então, você tem alguma ideia de onde fica o Centro de Recursos? — perguntei.

Jam limpou a boca na manga da blusa. Para meu imenso alívio, ele sorriu para mim. E, quando voltou a falar, a amargura havia desaparecido da sua voz.

— Às vezes eu me pergunto como você consegue atravessar a rua sem ser atropelada. O Centro de Recursos é exatamente onde você esteve hoje com o sr. Tarsen.

* * *

Depois de comer, nós dois cochilamos sem nem trocar de roupa. Ainda eram umas oito da noite em Marchfield, mas acho que Jam e eu ainda estávamos funcionando no horário de Londres — onde já passava da meia-noite.

Tive aquele sonho outra vez. Agora eu chegava às pedras da praia. Olhei em volta de uma delas, depois de outra. Eu queria tanto ver o rosto dela. Mas ela não estava ali. Meu entusiasmo se transformou em medo. Onde estava minha mãe? Então, na beirada da rocha mais distante, percebi o brilho dos cabelos negros e longos.

Acordei com um salto. Jam continuava dormindo ao meu lado. Havia uma mecha de cabelos caída sobre seu rosto, que se mexia toda vez que ele expirava.

Olhei a hora: quatro e dez da manhã. Precisávamos ser rápidos. Andei pelo quarto, confusa por causa do meu sonho e pelo pensamento do que estava por vir. O psp de Jam estava sobre a mesa abaixo da janela, ao lado da bandeja. Peguei o aparelho e percebi seis ranhuras na parte de trás.

Estranho. Virei-o na minha direção, e as ranhuras refletiram a luz que vinha do lado de fora.

Por que o Jam fez esses entalhes no psp?

— Que horas são? — ele perguntou, sentando-se e bocejando.

Coloquei o aparelho de volta na mesa.

— Hora de ir — respondi.

* * *

A Main Street estava deserta. Tudo fechado e escuro, exceto por uma empresa solitária de táxis vinte e quatro horas no meio do caminho.

As calçadas estavam tomadas de neve, e o ar, amargamente gelado. Enfiei os dedos debaixo dos braços para mantê-los aquecidos enquanto seguíamos em direção à agência.

Jam me guiou pela saída de incêndio na lateral do prédio. Pegou uma pedra grande no chão e começou a subir até o primeiro andar. Eu o segui, tentando fazer o mínimo de barulho nos degraus de ferro.

Jam parou no patamar do primeiro piso. Acima do parapeito rebaixado à nossa frente havia uma enorme janela. Ele ergueu a pedra.

— Está pronta?

Confirmei com a cabeça. Minha respiração saía irregular e rápida, formando fumaça ao se chocar com o ar frio.

Jam lançou a pedra contra a janela. O barulho de vidro estilhaçado ecoou pela noite. Ele fez a mesma coisa mais uma vez. E mais uma vez. Os golpes se tornavam mais fracos conforme ele criava um buraco largo o suficiente para que conseguíssemos entrar.

Minha tarefa consistia em observar os arredores. Inclinei o corpo sobre a saída de incêndio, tentando enxergar o mais distante possível pela rua e à frente do prédio. Meu coração batia mais acelerado a cada vez que ele lançava a pedra, e eu estava convencida de que o barulho acordaria toda a cidade. Por fim, Jam terminou. Eu só conseguia ouvir sua respiração pesada ao meu lado. Escutei atentamente, em busca de barulhos de gritos ou de sirenes da polícia.

Nada. Nem sequer um alarme contra ladrões. Estranho, não? Certamente um lugar que guardasse registros tão importantes teria um...

— Vamos.

Dei meia-volta, e Jam atravessou a janela com cuidado.

Eu o segui, atenta para não cortar as mãos nos estilhaços da moldura inferior.

Não havia nenhum barulho no interior da agência.

Minha boca secou enquanto eu tateava o tapete do corredor do primeiro andar.

Já estávamos do lado de dentro.

Esfreguei as mãos suadas na calça jeans. O corredor se alongava à nossa frente, rumo à área escura. Jam estava mais ou menos um metro à minha frente, envolto pela escuridão. Eu o segui. Passamos pelo elevador que havíamos usado mais cedo e chegamos ao escritório onde eu havia conversado com o sr. Tarsen.

Uma fileira de arquivos grandes decorava uma prateleira atrás da porta. Rapidamente encontramos os registros do ano em que fui adotada.

— Lauren Matthew, ref: B-13-3207 — li em voz alta. — B é o código do armário.

Jam andava de um lado para o outro, na frente dos arquivos de três gavetas na outra parede.

— Aqui — disse, apontando para o segundo armário depois da janela.

Ele puxou a gaveta de cima. Depois, a do meio.

— Trancadas. — E virou para me encarar. — Todas as gavetas estão trancadas.

Olhei rapidamente pela sala. Meus olhos se voltaram para o pôster, onde se lia "Marchfield faz milagres". Ele tinha uma moldura fina de metal.

— Podemos usar isso.

Tirei o pôster do prego. Com as mãos trêmulas, soltei a parte de trás e removi cuidadosamente o vidro. Segurei a moldura com firmeza enquanto Jam arrancava a lateral, desprendendo-a da parte superior.

— Por sorte não está soldada — ele sussurrou.

Em seguida, levou o pedaço fino de metal até o armário e começou a trabalhar na primeira gaveta.

Fui na ponta dos pés até a porta, ouvindo atentamente em busca de algum barulho. A agência permanecia em silêncio. Era assustador. Uma gota de suor escorreu pelas minhas costas.

Dei meia-volta e olhei os pedaços da moldura quebrados sobre o tapete.

— Estragamos isso aqui — falei. — E também a janela.

Ainda de frente para o armário, Jam bufou.

— E o que você quer fazer? Deixar parte do dinheiro do sr. Tarsen para pagar o prejuízo? — Ele respirou pesadamente, forçando o peso do corpo contra o pedaço de metal. — Me ajuda aqui.

Foram necessários vários minutos até arrombarmos a gaveta. Pusemos tanta força na alavanca de metal que tive medo de ela quebrar antes de abrir a tranca. Mas, por fim, ouvimos o estalo, e a gaveta se abriu.

Eu me perguntei há quanto tempo estávamos na agência. Tempo demais, certamente. Com o coração batendo rápido, abri a gaveta e comecei a examinar os arquivos. Depois de alguns segundos, minha garganta se apertou.

— Não é aqui — falei. — Aqui estão os nomes de A a G.

Da porta, onde agora ele vigiava, Jam olhou para mim.

— Deve estar na gaveta de baixo.

Meu coração já saltava pela boca quando conseguimos abrir a segunda gaveta.

Olhei os arquivos ali dentro tão rapidamente que deixei meu nome passar duas vezes. Mas então o vi. *Lauren Matthews*.

Abaixo do marcador com o meu nome havia uma pasta verde e fina, fechada de três lados, como se fosse um envelope. Enfiei a mão dentro dela, e meus dedos se fecharam no ar.

— Não tem nada aqui.

Enfiei a mão mais fundo na pasta, desesperada para encontrar alguma coisa, qualquer coisa.

— Lauren — Jam sussurrou da porta.

— Espera aí.

Minha mão agarrou um pedaço de papel enfiado bem no canto, e eu o puxei rapidamente.

— Lauren — Jam sussurrou outra vez, agora em tom mais urgente. — Vem vindo alguém. Precisamos ir embora. Já.

11
Leaving...

Enfiei o pedaço de papel no bolso e corri para a porta.

O barulho de passos pesados ecoava ao longe.

— Corre — chiei.

Avançamos pelo corredor, em direção à janela quebrada. Os passos atrás de nós ficaram mais altos e rápidos. Eu me arrastei para fora e senti a calça esfregar nos vidros.

Enquanto passávamos pela saída de incêndio, ouvi Jam arfar atrás de mim.

Olhei para trás, na direção da janela, enquanto pulava os últimos degraus. Uma imagem escura estava em pé ali, emoldurada pelo vidro quebrado, de olho em nós.

Era o sr. Tarsen.

Minha pele explodiu em arrepios. Por que ele estava simplesmente parado ali? Por que não estava gritando? Ou nos perseguindo?

Avançamos outra vez pela Main Street, em direção ao hotel.

— Você acha que o sr. Tarsen chamou a polícia? — arfou Jam enquanto entrávamos no quarto.

— Não sei — estremeci, pensando na forma como ele havia nos encarado.

— Precisamos dar o fora daqui.

Jam pegou a mochila, puxou o psp da mesa e o enfiou no bolso. Verifiquei o horário no relógio ao lado da cama.

— É muito cedo — falei. — O primeiro ônibus vai demorar uma hora.

— Não podemos esperar — alertou Jam. — Temos que pegar um táxi. Daquele lugar vinte e quatro horas por onde passamos.

Assenti, contando mentalmente o dinheiro que nos tinha sobrado. Pouco mais de cem dólares. Eu esperava que fosse suficiente.

Voltamos pela rua até chegarmos à empresa de táxi. A main street continuava assustadoramente silenciosa. Minha mente continuava tentando absorver o que tinha acontecido. Nada daquilo fazia sentido.

Meu arquivo de adoção estava vazio? Eu só conseguia pensar em uma explicação. O sr. Tarsen havia imaginado que iríamos até lá em busca das informações e havia levado o conteúdo consigo. Por que, então, ele não estava aqui agora? Por que não estava nos perseguindo?

Conforme corríamos a caminho da empresa de táxi, lembrei do pedaço de papel no fundo da pasta. Enquanto Jam pedia um táxi, sentei na recepção e o puxei do bolso.

Era claramente a ponta de um formulário oficial. Várias letras escritas à mão estavam faltando onde o papel havia rasgado.

Apt. 34
10904 Lincoln Hei
Leaving

Jam terminou de conversar com o recepcionista e se aproximou.

— O cara disse que vai arrumar um táxi em alguns minutos. Oitenta dólares em dinheiro.

Mostrei o papel para ele.

— É um endereço — esclareci. — Talvez seja o de Sonia Holtwood. Olha. Acho que "Hei" é de "Heights". Lincoln Heights.

Jam franziu a testa.

— Mas isso pode ser em qualquer lugar. Se Sonia vivia nesse lugar, certamente não está lá agora.

Assenti, concentrada no endereço. De uma forma ou de outra, não faria mal algum perguntar ao recepcionista onde ficava Lincoln Heights.

Ele estava descansando em um banquinho, as pernas apoiadas no balcão à sua frente. Quando me aproximei, ergueu o olhar e puxou sua longa e ensebada franja para o lado.

— Oi — falou com uma voz arrastada. — Acabei de falar com o seu namorado. Dois minutos.

— Eu sei — respondi. — Só queria saber se você por acaso tem ideia de onde fica isso aqui.

Coloquei o papel sobre o balcão.

O homem coçou a cabeça.

— Não tenho ideia de onde fica Lincoln Heights, mas Leavington fica a mais ou menos quinze quilômetros daqui — ele explicou.

Eu o encarei, depois voltei o olhar para o pedaço de papel. "Leaving" era o começo de...

— Leavington?

— Sim. Fica no caminho para Burlington. Mas pensei que vocês quisessem ir direto para o aeroporto.

Meu coração bateu violentamente, e disparei de volta até onde Jam estava.

Ele olhava pela janela.

— Não ouço nem sinal da polícia perto do hotel. Mas se o sr. Tarsen estava de olho na gente... — Ele virou para me encarar, ansioso. — O quê?

Expliquei a ele sobre o endereço.

— Deve ser o endereço da Sonia. Talvez ela ainda esteja lá — falei, quase sem ar.

Eu esperava que Jam sugerisse que fôssemos imediatamente a Leavington, mas, em vez disso, ele negou com a cabeça.

— Cai na real, cabeção — ele disse, e não estava sorrindo.

Meu coração afundou.

— O quê?

— Esse endereço pode ser de qualquer pessoa...

— Mas estava na minha pasta — insisti.

— Além do mais, faz pelo menos onze anos — ele rebateu, virando os olhos. — Escuta, nós tentamos encontrar o seu arquivo. Ele não estava lá. O que mais podemos fazer? Você não... você não acha que está ficando um pouco obcecada?

Acho que eu não teria ficado tão chocada se ele tivesse me dado um tapa.

— Não. — Pisquei e me afastei. — Eu não estou obcecada.

— Então por que quer ir a um endereço antigo anotado em um papel qualquer? Isso é ridículo.

— Não, não é — rebati, irritada. — Se estava no meu arquivo, deve ter alguma coisa a ver com a minha adoção. E o sr. Tarsen praticamente admitiu que Sonia Holtwood era minha mãe, então...

— Mesmo que o endereço tenha algo a ver com a sua adoção, se te roubaram da sua família biológica, é pouco provável que o endereço seja verdadeiro, não acha?

Eu tinha certeza de que Jam estava errado. Ainda assim, o que ele disse soava tão lógico que eu simplesmente não podia discordar.

— Tudo bem — esbravejei. — Obrigada pela ajuda.

Jam virou-se para mim.

— Meu Deus, Lauren! — ele chiou. — Acabei de invadir um prédio por você. Que tipo de ajuda mais você quer?

Eu o encarei, sentindo a respiração ficar mais rápida e meu maxilar apertado.

— Se você pensa assim, então eu vou sozinha.

Marchei até as cadeiras do outro lado da sala e soltei o corpo no assento do canto. O chão era manchado e sujo. Chutei alguns arranhões na superfície. Como Jam se atrevia a dizer que eu estava obcecada? Ah, se ele soubesse o que é viver sem conhecer o próprio passado... Ele logo perceberia como é difícil. É como andar em um terremoto. O chão sempre treme sob os seus pés enquanto você imagina um milhão de possibilidades.

Inclinei o corpo, decidida a não permitir que Jam me visse chorando.

Silêncio. Então o recepcionista chamou Jam à sua cabine. Ouvi os dois conversando baixinho.

Sequei os olhos. Passos. Uma sombra surgiu sobre os arranhões no chão. Jam se agachou à minha frente.

Ele se inclinou na minha direção, virou a cabeça para o lado, tentando ver o meu rosto.

— O táxi chegou — anunciou e fez uma pausa. — Você quer mesmo ir nesse lugar chamado Leavington?

Fiz que sim com a cabeça, ainda não confiante o bastante para encará-lo.

Jam apoiou a mão na cadeira ao meu lado.

— Sozinha? — perguntou.

Cerrei os dentes. Não adiantava. O simples fato de eu me imaginar fazendo tudo isso sozinha era suficiente para me fazer tremer por completo.

— Não — falei aos prantos. — Quero que você vá comigo. — Eu o encarei conforme uma lágrima me escorria pela bochecha. — Por favor.

Os olhos de Jam se suavizaram. Até hoje não tinha me dado conta, mas eles eram cor de amêndoa, e não castanhos. Com manchas douradas em meio ao tom esverdeado.

Desviei o olhar rapidamente, esfregando outra vez a mão no rosto.

Droga. Eu devo estar medonha. Exatamente como ele disse.

Jam apertou meu braço.

— Leavington, então — disse. — Aqui vamos nós.

12
Lincoln Heights

Leavington era um inferno. Uma cidade tão detonada a ponto de fazer Marchfield parecer uma maravilha. Ruas e mais ruas de grandes prédios de apartamentos, todos amontoados em fileiras irregulares, com os jardins cheios de lixo.

O taxista não gostou nada, nada quando explicamos que queríamos parar em Lincoln Heights por mais ou menos meia hora.

Ele se recusou a esperar, exceto se pagássemos a tarifa, o que tomaria uma grande parte do que restava do nosso dinheiro.

— Tudo bem — falei para Jam. — A gente pega outro táxi para Burlington. Ou um ônibus.

Quando soube que não receberia o valor integral de uma corrida até o aeroporto, o taxista começou a reclamar. E reclamou durante todo o trajeto até Leavington. Reclamou por ter de procurar Lincoln Heights no mapa, depois reclamou de uma pista de mão única que o impedia de nos deixar na frente do nosso destino. Quando finalmente estacionou, fez um baita escândalo porque não tinha troco e precisava que pagássemos o valor exato. É claro que eu só tinha a nota de cem dólares que Taylor Tarsen havia me dado.

O motorista a pegou antes de virar e enfiar a mão em uma pochete ao lado do banco.

— Aqui está — rosnou, colocando um bolo de notas dobradas na minha mão. E foi embora.

Enfiei o dinheiro no bolso e ajeitei a mochila no ombro. Eram seis e quinze da manhã e estava começando a clarear. Havia um pequeno grupo de adolescentes encostados em um muro ali perto. Pareciam ter passado a noite inteira na rua. Dois dos garotos nos encararam com olhos duros e ameaçadores.

Com o coração acelerado, agarrei o braço de Jam e seguimos na direção oposta. O tempo combinava com o cenário. Nuvens amorfas, feias e cinzas como aço preenchiam cada pedacinho do céu. E o ar estava amargamente gelado.

Jam gastou seus últimos dólares em um café fraco e algumas rosquinhas compradas em uma tenda imunda de esquina. E, de repente, lá estava. Lincoln Heights, 10904.

Era uma construção como todas as outras da rua. Escura. Suja. Caindo aos pedaços. A porta principal estava trancada. E nenhuma das campainhas no painel descascado parecia funcionar.

Por fim, uma mulher saiu e correu pelas escadas. Deslizamos para dentro antes que a porta se fechasse.

— Aff — Jam franziu o nariz.

Engoli em seco, tentando não inspirar o cheiro horrível de urina e comida estragada que descia pela escadaria de concreto manchada.

Lentamente seguimos até o apartamento 34, no andar de cima. Mais uma vez, eu me dei conta de que, se Jam não estivesse ao meu lado, eu teria dado meia-volta e fugido. Aliás, se eu não tivesse insistido tanto para irmos até ali, provavelmente sugeriria que fôssemos embora naquele mesmo instante.

Certamente era um caso sem saída. Era impossível que Sonia ainda morasse ali. Meu Deus... Talvez ela nunca tenha morado nesse lugar. Eu só não podia imaginar isso antes. No entanto, enquanto estávamos parados na frente do apartamento 34, tive uma sensação súbita e esmagadora de que ela abriria a porta. Mas e depois?

O que eu diria?

Oi. Você me sequestrou onze anos atrás?

E se eu estivesse errada? E se ela realmente fosse a minha mãe? E se desse uma olhada em mim e fechasse a porta na minha cara?

Jam bateu à porta.

Fiquei parada onde estava. Alguém abriu.

Olhei para a garota à nossa frente, então relaxei. Não era Sonia. Não podia ser ela. Era nova demais. Não tinha mais que dezoito ou dezenove anos.

A jovem tinha um bebê nos braços e uma criança agarrada em seu joelho. Prendeu uma mecha de cabelos ensebados atrás da orelha e fechou a cara para mim.

— O que você quer? — falou, com a voz carregada de um pesado sotaque. Espanhol, eu acho.

— Estamos procurando uma mulher chamada Sonia Holtwood — expliquei. — Acho que ela morava aqui.

— Não — respondeu a garota. — Ela *no bibe* aqui. — E começou a fechar a porta.

— Espera — falei, empurrando a porta.

— Ei. *Dejame. Coño.* Cai fora. — Sua voz ficou aguda.

— Por favor, não tem mais ninguém que possa me informar? Alguém que talvez se lembre de quem já morou aqui?

Mas ela já tinha perdido o controle e agora gritava comigo. Várias palavras em espanhol, totalmente desconhecidas para mim.

— *No se* — ela gritou. — Não sei. — E bateu a porta.

Pisquei, admirada. Outros moradores apareceram mais adiante no corredor para bisbilhotar e saber o motivo de tanto barulho. Depois entraram em seus apartamentos novamente, com passos arrastados.

Olhei para Jam.

— Acho que é isso — ele disse.

— Com licença, meu amorzinho.

Olhei em volta. Uma senhora bem velhinha apareceu na porta do apartamento em frente. Tinha a coluna curvada por conta da idade, e a pele do rosto e dos braços era enrugada como um papel fino.

— Eu ouvi você perguntando por Sonia? — ela falou. — Sonia Holtwood?

— Sim. — Olhei ansiosa para ela. — Você a conhece? Ela morava aqui?

A mulher me olhou com olhos duros e iluminados.

— Ah, sim — respondeu. — Ela passou pouco tempo aqui, mas eu era a babá da menininha dela.

13
Bettina

A senhora nos disse que seu nome era Bettina.

— De onde vocês conhecem a Sonia? — ela quis saber.

— Não é... Quer dizer... — gaguejei, relutante em contar minha história a uma estranha.

Mas Bettina logo imaginou.

— Você não era a menininha da Sonia, era? — arriscou.

Assenti, com o rosto vermelho.

Alegre, ela estalou os dedos finos.

— Meu Deus! Eu nunca imaginei que... Venham. Entrem, entrem.

E nos convidou para entrar em seu pequeno apartamento, cantarolando como um passarinho.

— E então, onde está sua mãe? E de onde veio esse sotaque?

Eu me sentei na pontinha de uma cadeira meticulosamente estampada, que não combinava nem um pouco com o tapete e as cortinas. O tipo de coisa que minha mãe detestava.

— Eu fui adotada quando tinha três anos — contei desajeitadamente. — E moro na Inglaterra. Estou tentando descobrir mais sobre Sonia porque, porque... — Minha voz se desfez.

Exceto pelo tiquetaquear do relógio, a sala estava em silêncio.

Porque ela sabe de onde eu vim. Sabe onde é o meu lugar. Porque acho que ela me roubou da minha família verdadeira.

Com olhos entristecidos, Bettina me analisou.

— Adotada? Pobrezinha — sussurrou.

Olhei em volta, constrangida por sua compaixão. Havia almofadas nos assentos e pequenos ornamentos em todas as prateleiras. O lugar tinha um ar de casa de verdade. E me perguntei se eu engatinhava pelo sofá quando era criança.

Bettina saiu para preparar um chá e voltou alguns minutos depois, trazendo uma bandeja com xícaras e pires que faziam barulho ao baterem uns contra os outros. Jam se levantou e correu para perto dela.

— Pode deixar que eu carrego — ofereceu, sorrindo.

Ele colocou a bandeja na mesinha baixa, diante de um dos sofás.

— Que encantador — Bettina assentiu, elogiando. — Que modos britânicos mais adoráveis. — E sentou-se no sofá.

— Quando foi a última vez que a senhora a viu? — perguntei.

Ela inclinou o corpo para a frente e lentamente arrumou as xícaras sobre os pires.

— Ela passou poucas semanas aqui. E isso foi há muito, muito tempo. Dez, onze anos, talvez. As pessoas fazem isso hoje em dia. Vêm e vão. Não têm raízes.

— E... e como ela era? — questionei.

Bettina olhou para baixo. Percebi que tinha as orelhas furadas. O longo brinco pendia-lhe do lóbulo.

— Sonia era muito reservada — falou lentamente. — Não queria que as pessoas soubessem da vida dela. Se não fosse você, talvez eu nem me lembrasse mais dela. Ela nunca me contou nada. Para ser sincera, e espero que você não fique chateada por eu dizer isso, ela não parecia ser do tipo maternal.

Bettina serviu o chá nas xícaras e, com um suspiro, ajeitou o bule de volta na mesinha.

— Eu não a via beijar e abraçar muito.

Tomei um gole de chá, sentindo meu coração bater acelerado.

— Quando ela foi embora, você sabe para onde ela foi? — perguntei.

Entristecida, Bettina negou com a cabeça.

— Meu amorzinho, eu queria ter essa resposta, mas um dia ela simplesmente pegou você e se foi. Não disse nada a ninguém.

— Ah... — Olhei para minha xícara, e um desejo tomou conta de mim. Essa senhora me conhecia há mais tempo do que qualquer pessoa. Antes até mesmo da minha mãe e do meu pai. — Como eu era? — perguntei de repente, e minha voz saiu baixinha.

Bettina colocou a mão enrugada sobre a minha.

— A coisinha mais linda — respondeu. — Embora eu só tenha cuidado de você algumas vezes, nunca vou esquecer. Você era muito quietinha, muito séria. Quase não falava nada. E tinha um rostinho triste. Eu precisava me esforçar para fazer você sorrir. Mas, quando sorria, era tão lindinha! Teve uma vez em que eu queria muito tirar uma fotografia sua. Você estava sentada exatamente onde está agora.

— E conseguiu? — arrisquei. — Quer dizer, você tem essa foto?

Bettina negou com a cabeça.

— Sonia voltou e me viu tentando tirar o retrato. Ficou muito, muito brava. Puxou o filme da câmera e se mudou no dia seguinte.

Terminamos o chá e fomos embora. Bettina não estava com pressa de se despedir. Tive a forte impressão de que ela não recebia muitas visitas.

Lá fora, na rua, já estava claro, mas continuava muito frio. Desejei, pela décima vez desde que chegara aos Estados Unidos, que tivesse trazido um casaco mais quente.

— Acho que é melhor perguntar sobre os ônibus para Burlington — propôs Jam, olhando-me de canto de olho.

Percebi que ele se questionava se eu insistiria em continuar tentando encontrar Sonia.

Mas as pistas não estavam ajudando. Não havia mais nada que eu pudesse fazer. O que Bettina contou me fez ter certeza de que Sonia não era minha verdadeira mãe. E eu continuava sem saber nada sobre a vida antes de ela me encontrar.

Pela lógica, o próximo passo seria telefonar para o MissingChildren.com e explicar que talvez eu fosse Martha Lauren Purditt.

No entanto, nem em Londres tive vontade de fazer isso. Afinal, era o *meu* passado. E eu não queria policiais e o pessoal do serviço social assumindo o caso e tomando todas as decisões.

Jam ficou ali, tremendo, olhando com expectativa para mim.

— Vamos entrar em alguma loja e perguntar onde fica a rodoviária — propus.

Enquanto andávamos pela rua em direção a uma loja de conveniência, puxei o bolo de notas do bolso.

— Quanto você acha que...?

Olhei para as notas se soltando em minha mão. Com exceção da de um dólar colocada por cima, todas as outras eram apenas pedaços de papel cinza.

— O taxista... — chiei.

— O que tem? — Jam olhou em volta.

— Ele nos roubou no troco da corrida. — Minha voz já se transformava em um grito agudo enquanto eu vasculhava desesperadamente os pedaços de papel.

Olhei para Jam.

Agora nos restava somente um dólar.

14
A carona

Caminhamos em silêncio até uma pequena área verde entre dois prédios de apartamentos. Minhas orelhas queimavam com o frio, mas eu quase nem percebia.

Não tínhamos dinheiro. Como voltaríamos a Burlington?

Jam andava de um lado para o outro sobre a grama batida.

— Vamos ter que ligar para a sua mãe — falou.

Meu coração afundou. Eu sabia que teríamos de ligar. O vento chicoteava meus ombros. Puxei a jaqueta mais para perto do corpo. Não havia outra escolha. Enfiei a mão no bolso e peguei o celular.

— Querem uma carona?

Olhei em volta. Uma mulher de meia-idade, com cabelos castanhos ondulados, estava inclinada em direção à janela do carro, sorrindo para nós.

Neguei instintivamente com a cabeça e me virei. Ela abriu a porta do carro e saiu. Usava um uniforme da polícia.

— Ei, eu não mordo — ela riu. — Para onde vocês estão indo?

Olhei nos olhos de Jam e nos aproximamos da mulher.

Ela era mais velha do que parecia de longe. Seus cabelos estavam muito arrumados, tão certinhos que pareciam peruca. E usava uma maquiagem azul pesada nos olhos e muito pó compacto.

— Acabei de ver vocês dois. E parecem estar com frio. — A mulher olhou para o céu nublado. — A previsão do tempo diz que vai nevar mais tarde.

Ela enfiou a mão na jaqueta e puxou uma carteira de couro. Então a abriu e mostrou para nós. Percebi o distintivo em forma de estrela e as palavras "Departamento de Polícia".

— Sou Suzanna Sanders — a mulher sorriu. — Em férias desde o fim do meu último turno. Têm certeza que não querem que eu deixe vocês em algum lugar?

Mordi o lábio.

— Estamos indo para Burlington e depois para Boston. Nos aeroportos — respondi.

Suzanna Sanders arregalou os olhos.

— Sério? Eu também estou indo para Boston. Vou tomar um voo no Logan. — Ela olhou para o uniforme. — Como podem notar, estou com o horário um pouco apertado. Vou ter que me trocar no aeroporto. Portanto, decidam-se.

— Pode esperar um minutinho? — pedi. — Preciso conversar com o meu amigo.

Puxei Jam para longe do carro.

— Acho que devemos ir com ela.

— Como é que é? Entrar no carro de uma estranha?

— Ela é da polícia — rebati. — Não vai nos fazer mal.

— E se a sua mãe tiver ligado para a polícia? — questionou Jam. — Eles podem estar atrás de nós.

— E daí? Vamos ter que encontrar a minha mãe de qualquer jeito. Com essa mulher, chegamos a Boston mais rápido do que se tivéssemos que ir primeiro a Burlington. — Olhei para Suzanna Sanders. — Se ela perguntar, a gente pode dizer que se perdeu ou algo assim. E que estamos tentando encontrar minha mãe em Boston. Vou enviar uma mensagem para a minha mãe e dizer que estamos indo para lá.

— Não sei, não — falou Jam. — Estou com uma sensação ruim.

Apertei seu braço.

— Vamos. O que pode acontecer? Ela é policial. E nós estamos em dois.

Ele concordou com a cabeça.

— Tudo bem.

Virei-me outra vez para a policial e disse nossos nomes.

— Obrigada. Se não for incomodar, a gente vai com você. Só preciso mandar uma mensagem para a minha mãe.

— Legal — Suzanna sorriu. — Mas você se importaria em fazer isso de dentro do carro? Está frio pra caramba aqui fora.

Eu a segui até o carro. Hesitei, pois não queria me sentar sozinha com ela na frente, mas também não queria forçar Jam a fazer isso.

— Não tem problema. Vocês dois podem ir no banco de trás. — Suzanna abriu a porta. — Mas nada de ficarem se beijando.

Corei enquanto entrava no carro. Suzanna colocou nossas mochilas no porta-malas enquanto nos ajeitávamos no banco de couro sintético. O interior do veículo era tão legal e bem cuidado quanto o exterior. Esfreguei minhas mãos geladas, peguei o celular e o liguei. Mais ligações e mensagens. Eu as ignorei e liguei para o número da minha mãe. Nada. Dei uma olhada na bateria... Ainda tinha metade. Então percebi que estava sem sinal.

Jam verificou seu celular enquanto o carro entrava em movimento. A mesma coisa.

— Costuma acontecer isso aqui — comentou Suzanna em um tom tranquilo. — Esperem uns cinco minutinhos e tentem outra vez.

Jam se ajeitou, cansado, contra a janela do outro lado. Puxou o PSP do bolso da jaqueta e ligou, mas não foi para jogar. Virou o aparelho e esfregou o polegar nas ranhuras na parte de trás: as seis faixas que eu tinha notado no hotel.

— Para que são? — perguntei.

— Para nada. — Ele deu de ombros e olhou pela janela enquanto passávamos por uma fileira de lojas de telhado reto.

Tentei usar o celular mais algumas vezes, mas continuava sem sinal. Eu o deixei ligado.

— Vocês querem um pouco de suco? — Suzanna levou a mão ao banco do passageiro e passou duas caixinhas de suco de laranja para nós. Tomamos avidamente.

Para meu alívio, ela não fez perguntas sobre de onde vínhamos ou por que estávamos em Leavington. Inclinei a cabeça contra o vidro frio e úmido da janela. Depois de alguns minutos, comecei a sentir sono. Olhei para Jam. Seus olhos estavam fechados, sua cabeça solta no encosto.

Senti a cabeça pender para a frente.

Eu estava outra vez na praia. Sozinha. Amedrontada. Cheguei à pedra onde tinha visto aqueles cabelos longos e negros. Não havia ninguém ali. Dei meia-volta, sentindo um golpe de pânico.

— Mamãe — eu chamava aos prantos. — Mamãããããeeee... Cadê você?

Quando acordei, estava escuro lá fora. O carro chiava, seguindo pela estrada deserta. Nada de iluminação pública, mas uma luz branca iluminava o caminho. Eu me sentei, sentindo vertigem.

Jam continuava dormindo.

— Não. — A voz de Suzanna era grave e furiosa. Precisei de um segundo para perceber que ela estava falando ao celular. — Pare de tentar me dar ordens, Taylor — esbravejou. — É por culpa sua que estamos no meio dessa bagunça. E veja só quem está tentando consertar as coisas.

E lançou o telefone no banco do passageiro ao seu lado.

Minha cabeça parecia uma bola de algodão. Taylor. Havia alguma coisa significativa nesse nome. Algo que eu não conseguia lembrar.

— Onde estamos? — perguntei, esfregando a mão na testa.

Suzanna virou-se para trás.

— Quase chegando. Ei, adivinhe só. Eu estava certa... nevou mesmo. Vocês estão dormindo há horas.

Estremeci. Havia alguma coisa na forma como Suzanna falava, um tom duro em sua voz, algo que não estava ali antes. Estendi a mão para pegar meu celular no bolso da calça.

Não estava mais ali.

Talvez tivesse caído no chão.

Eu me abaixei e tateei o chão do carro. Quando levei a mão até onde Jam estava sentado, puxei sua perna.

— Jam, acorda. Não consigo encontrar meu celular.

Ele bocejou e abriu os braços.

— Não está aqui — falei.

— Deve estar sim — falou Suzanna no banco da frente, e tossiu. — Estamos quase chegando ao Logan. Vou acender a luz quando chegarmos, e aí podemos procurar melhor.

Eu me ajeitei no banco, sentindo um incômodo. Eu tinha certeza de que o telefone estava no meu bolso antes de eu dormir. Como poderia ter simplesmente caído?

Aliás, por que já estava escuro? Dei uma olhada no relógio. Sete da noite. Forcei meu cérebro confuso a pensar. Não eram mais do que nove da manhã quando deixamos a casa de Bettina. Como podíamos ter dormido mais de dez horas? E certamente a essa altura já estaríamos em Boston há um bom tempo.

Olhei pela janela, aflita para encontrar alguma placa na estrada.

Nada. Apenas neve e árvores dos dois lados. Aparentemente não estávamos em uma rodovia "de verdade".

Deslizei pelo banco de couro falso e inclinei a cabeça contra o ombro de Jam. Todo o corpo dele ficou tenso.

Apontei o olhar para o retrovisor. Suzanna estava me observando. Ela arqueou as sobrancelhas e desviou o olhar para a estrada à frente. Levei a cabeça para cima, na direção do pescoço de Jam.

Eu o senti se afastando de mim.

— O que você está...?

— Shh. — Meus lábios encontraram o ouvido de Jam. — Acho que Suzanna pegou meu telefone — sussurrei. — E acho que não estamos perto do aeroporto de Boston.

A respiração de Jam aquecia minha bochecha. Ele se afastou, tateando o próprio bolso. Em seguida, inclinou-se outra vez para a frente e sussurrou:

— Meu celular também sumiu. Assim que ela parar o carro, a gente dá o fora, entendeu?

— Ei, pombinhos, parem com isso — ordenou Suzanna. — Não quero ser parada por um policial. — E soltou uma risada cavernosa.

Eu me arrastei para o outro lado do banco, mas estendi o braço e segurei a mão de Jam. Nossos dedos se entrelaçaram. Meu coração batia na garganta.

— Não estou me sentindo bem — falei. — Você pode parar um pouco?

Suzanna me ignorou.

Embora o carro continuasse em movimento, agora seguia devagar, sacolejando ao passar pelas saliências da estrada de terra. Levei a mão à maçaneta. Tive a ideia louca de que Jam e eu poderíamos saltar do veículo, mas a porta estava trancada. Ouvi Jam tateando a maçaneta do outro lado.

Suzanna se virou em nossa direção.

— Parem imediatamente com isso.

— O que você está fazendo? — Minha voz ficou mais alta com o pânico. — Para onde está levando a gente?

Ah, meu Deus, ah, meu Deus. Ela é louca. Do tipo que a minha mãe diz que mata dois adolescentes por ano. E Jam e eu somos os dois adolescentes desse ano.

Suzanna olhou para mim pelo retrovisor.

— Você não está me reconhecendo, meu amorzinho? — Ela abriu um sorriso nojento e adotou uma voz falsa e superdoce. — Sou eu, Sonia Holtwood.

15
Sem saída

Olhei como uma tola para a parte de trás da cabeça daquela mulher, para seus cabelos castanhos e bem-arrumados. Ela era Sonia Holtwood?

Minha mente estava confusa demais para entender o que estava acontecendo.

— O que você quer dizer com isso? — falei.

— Taylor me contou que você andou fazendo perguntas, que estava tentando me encontrar — ela explicou tranquilamente. — Concluí que seria melhor eu encontrá-la primeiro.

Franzi a testa, ainda me esforçando para compreender o que estava acontecendo. Taylor, outra vez. Onde eu tinha ouvido esse nome? Então me dei conta. Era o primeiro nome do sr. Tarsen.

— O sr. Tarsen telefonou para você? — perguntei.

— Correto. — A mulher acendeu os faróis do carro. — Ele disse que tinha ficado muito evidente que você sabia mais do que estava dizendo. Não que ele tenha *feito* alguma coisa. Não. Apenas desligou o alarme do prédio, escondeu seu arquivo... esperou para ver o que *você* faria. Muito típico do Taylor.

Minha mente pareceu explodir, como um computador sobrecarregado. Olhei pela janela. Uma densa floresta de coníferas se espalhava à nossa volta. A neve caía.

— Mas você é da polícia — insistiu Jam. — A gente viu seu distintivo.

— Eu aluguei essa fantasia — ela rebateu, e ouvi o riso na voz de Sonia Holtwood. — Esse é o lado bom dos turistas. Eles acham que conhecem a aparência dos policiais, embora só os tenham visto na televisão. Se vocês não tivessem entrado no carro, eu os teria prendido.

— Ela gargalhou. — E então, estão se sentindo bem?

De repente tudo começou a fazer sentido.

— Você dopou a gente — falei. — Com o suco de laranja. E pegou nosso celular.

Olhei para Jam. Seu rosto estava pálido feito um fantasma à luz que refletia na neve do lado de fora.

— O que você quer? — Minha voz saiu trêmula. — O que vai fazer com a gente?

Sonia me ignorou e seguiu dirigindo por mais ou menos uma hora antes de encostar o carro na lateral da pista. Desligou o motor, mas manteve os faróis acesos.

O medo se espalhou como água gelada por mim. Levei a mão à maçaneta e puxei. Continuava trancada.

Sonia se virou para nos encarar.

— Você não tem ideia do que é não ter nada — ela lançou. — Nem dinheiro. Nem esperança. Nem futuro.

Continuei brigando com a maçaneta, o pânico girando e cortando minha garganta.

— Deixa a gente sair — gritei.

— Você já era uma princesinha mimada quando tinha três anos — ela rebateu com sarcasmo. — Linda, branquinha e valendo uma fortuna.

Eu me virei na direção dela, e de repente a raiva se tornou mais forte que o medo.

— Você me roubou da minha família. Sua...

— Eu tinha uma dívida — cuspiu Sonia. — Precisava do dinheiro.

— Sua filha da...

— Cala a boca. — Ela estendeu a mão e deu um tapa na minha cara.

— Ei! — gritou Jam.

Arfei com a dor repentina. Levei a mão ao rosto e soltei o corpo outra vez no banco.

Jam tentou segurar minha mão.

Olhei para o rosto duro e raivoso de Sonia. À frente dela, no para-brisa, os flocos de neve caíam, parecendo amarelados por causa da luz dos faróis.

— Quando Taylor ligou, eu poderia simplesmente ter fugido — ela explicou. — Poderia ter assumido o risco e imaginado que a polícia jamais me encontraria. Mas aí pensei: por que *eu* deveria fugir? Por que *eu* deveria me esconder? Então eu a segui quando vocês saíram daquele hotel horrível onde se hospedaram.

Os olhos dela eram como buracos negros. Mortos. Vazios.

De repente, eu me dei conta do motivo pelo qual o sr. Tarsen não havia nos perseguido pessoalmente ou até mesmo chamado a polícia quando invadimos a agência. Ele sabia que poderíamos ser seguidos e que, de alguma forma, isso atrairia policiais para Marchfield e para perto dele. E ele não queria mais ninguém atrás de nós. Ninguém, exceto Sonia.

— Não vamos contar para ninguém o que você fez — garanti. — Prometo.

Sonia arqueou as sobrancelhas.

— Ah, é?

Então ela apertou um botão no painel. Com um estalo, as duas portas destravaram. Empurrei a porta e me arrastei para fora, batendo-a ao passar. Uma rajada fria de vento me envolveu como se fosse uma cobra. Eu me virei. Jam também estava fora do carro. Sonia se virou, levou a mão à parte traseira do veículo e fechou a porta.

A noite ali era muito mais fria do que em Marchfield. Era como estar dentro de um congelador.

Sonia ligou o motor. Tomei um susto ao me dar conta do que exatamente ela estava fazendo.

Puxei a maçaneta da porta. Trancada.

— Espera! — gritei.

Sonia sorriu e abaixou um pouco o vidro da janela.

— Pensei que quisessem sair... — disse.

— Onde estamos? — gritou Jam.

— No meio do nada — veio a resposta. — A trinta quilômetros de qualquer lugar que tenha nome.

Meu coração disparou enquanto eu a encarava. A neve girava e caía em meu rosto. Eu nunca sentira tanto frio na vida. Puxei a jaqueta fina em volta do corpo, mas parecia que eu não estava usando nada.

Sonia começou a dar ré.

— Você não pode deixar a gente aqui! — gritou Jam, correndo na lateral do veículo.

Ver o terror no rosto dele foi como um gatilho. No mesmo instante, todo o meu corpo começou a tremer.

— Vamos morrer congelados — gritei.

Sonia fechou a cara para nós.

— Não brinca.

Então virou o carro e foi para o outro lado da pista.

— Pelo menos deixe nossas coisas — gritou Jam. — Nosso celular.

Mas Sonia simplesmente fechou a janela e posicionou o carro de modo que pudesse olhar para trás na pista.

— Ela não pode fazer isso — falei.

Mas ela fez.

O carro seguiu sobre a neve até desaparecer na escuridão. Os dois faróis vermelhos traseiros brilhavam ao longe como olhos de um gato gigante, até finalmente também desaparecerem na noite.

O vento chicoteava meu rosto. A neve continuava caindo. Enfiei as mãos geladas debaixo dos braços e olhei para o chão. A neve já cobria os rastros deixados pelo carro.

Naquele momento, eu me dei conta de como o plano de Sonia e do sr. Tarsen era brilhante. Ninguém tinha nos visto entrar no carro dela. Ninguém poderia ligar o fato de estarmos ali a nenhum deles. Aliás, ninguém sequer sabia que *estávamos* ali. O que significava que ninguém estava nos procurando.

Ciente de que não sentia os pés, olhei para os meus tênis. A ponta de couro branca estava manchada de neve.

— Precisamos seguir em frente — disse Jam ao meu lado, enfiando as mãos nos bolsos. — Você ficou com alguma coisa? Qualquer coisa que seja?

Neguei com a cabeça. Jam puxou o PSP do bolso da jaqueta. Ele me olhou, com olhos duros e furiosos.

— Acho que não podemos transformar isso aí em nada útil — comentei, batendo os dentes.

— Tendo em vista que eu não sou Alex Rider, não — rebateu Jam.

Seguimos pela estrada. Flocos de neve caíam em meus cabelos e deslizavam pelo meu rosto, escorrendo friamente pelas costas.

A essa altura, eu tremia descontroladamente. Olhei de soslaio para Jam.

— Quanto tempo você acha que vamos demorar, voltando pela estrada?

Ele deu de ombros.

— São quilômetros. Mas a pista fez uma curva. Acho que devíamos seguir através das árvores. Talvez corte parte do caminho e economize tempo.

— Mas e se um carro passar? A gente não devia ficar perto da pista?

Jam me encarou.

— Nenhum carro vai passar. — Sua voz era fulminante. — Foi por isso que ela nos deixou aqui.

Ele se virou e entrou em meio às árvores.

Apressei-me atrás dele, meus pés seguindo silenciosamente sobre a camada espessa de neve. Meu coração batia acelerado no peito. Eu podia sentir o medo na garganta. O que aconteceria conosco? Jam parou ao meu lado, mas não me olhou.

Por que ele estava agindo como se fosse culpa minha? Observei minha respiração formando uma nuvem branca de vapor ao sair da boca.

Andamos pelo que pareceram quilômetros. Os pinheiros ficaram cada vez mais próximos uns dos outros, e a neve, mais profunda e gelada. Meus braços e pernas estavam rígidos e dormentes. Em algum lugar distante, um animal uivava.

— Você acha que existem lobos por aqui? — perguntei.

— Sim, e ursos também. Mas não se preocupe, é provável que o frio acabe com a gente antes de algum animal tentar nos matar — Jam lançou com sarcasmo.

Ele puxou o PSP do bolso e deslizou os dedos pelas ranhuras na parte traseira.

Forcei meus pés congelados a continuar em movimento. Meu suéter de lã estava ensopado com toda a neve que caía e se prendia ao meu corpo como uma pele pesada e úmida.

— Vamos — gritou Jam. — Precisamos ser mais rápidos.

Mordi o lábio.

— Por que você está tão bravo comigo? — questionei.

Jam deu meia-volta. De repente, seu rosto ficou tomado de raiva. Sua voz ecoou em meio ao vento gelado.

— Você é mesmo inacreditável, Lauren! — ele gritou. — Tudo sempre tem que girar em torno de você, não é? Você é a pessoa mais egocêntrica que eu conheço.

Minha garganta se apertou.

— O que você quer dizer com isso?

Ele jogou as mãos para cima, derrubando a neve que se depositava em um galho.

— Você não está entendendo? — Ele apontou para as árvores e para o céu. — Nós estamos no meio do nada, vamos morrer de frio, e você acha que eu estou bravo com você?

— Eu não quis...

— Não, é claro que não. Assim como você não quis me arrastar para o outro lado do mundo e me colocar num carro com uma psicopata maluca.

— Eu não forcei...

— Não. Você perguntou, eu disse que sim. E isso me torna ainda mais idiota do que você é egoísta — cuspiu Jam.

Olhei para ele enquanto todo o meu corpo tremia de medo, frio e choque.

— Jam... — comecei.

— Não. — Ele se virou e seguiu andando em meio às árvores.

Tentei acompanhá-lo, mas minhas pernas tremiam demais. Tropecei e caí na neve.

Sentei, chorando.

— Jam — gritei. — Desculpa.

Silêncio.

Olhei ao redor. A única luz existente vinha do céu nublado e da neve branca à minha volta. Eu estava cercada de pinheiros.

Não havia nem sinal de Jam. Lágrimas desceram pelo meu rosto. Tentei me forçar a ficar em pé, mas meus membros doíam demais. Senti vertigem, e minha respiração saía em golpes rasos.

Eu estava sozinha. O medo me engolia — um buraco negro dentro do meu coração, onde eu não era nada. Ninguém.

Soltei o corpo, esperando cair no chão duro e gelado. Mas ele não estava assim. A neve era suave e calorosa, mais parecia um cobertor. Eu me deitei ali, tomada pela deliciosa sensação de sono. Dormir era tudo o que eu queria.

Dormir me levaria de volta à mulher na praia. Dormir me levaria para casa.

Fechei os olhos e me afundei na escuridão.

16
Glane

Ouvi vozes ao longe. Alguém estava chamando meu nome. Alguma coisa quente e úmida se derramou por entre meus lábios e escorreu pelo meu queixo. Chá. Chá adoçado.

Cuspi. Eu detestava açúcar no chá.

— Ela está bem? — Era a voz de Jam. Tentei abrir os olhos, mas minhas pálpebras estavam pesadas demais.

Senti uma mão robusta e calejada pressionar minha testa.

— Deixa a garota dormir — alguém disse com uma voz grossa e suave ao mesmo tempo.

Eu queria perguntar o que estava acontecendo, mas estava cansada demais para pensar, que dirá para abrir a boca e falar. Virei. Uma espécie de cobertor, macio e felpudo, acariciou o meu queixo. Ergui o pescoço, mas logo o abaixei outra vez.

Eu estava correndo na direção da grande rocha. Ouvia risadas do outro lado. Consegui ficar em pé e andei cuidadosamente pela areia. Olhei atrás da rocha. Lá estava ela, de costas para mim. Seus cabelos longos e negros desciam até a cintura. Eram brilhantes e suaves. Estendi a mão para acariciá-los.

Ela se virou e sorriu. Por fim, pude ver seu rosto. Era jovem, cheio de vida, com os olhos mais bondosos e azuis que eu já tinha visto na vida.

— Minha pequena — ela disse. — Você me encontrou.

* * *

Muito mais tarde, acordei desorientada. Uma luz laranja brilhava através de minhas pálpebras fechadas. Meu rosto estava quente. Eu conseguia movimentar os braços e as pernas. Sentia fraqueza, mas, ao mesmo tempo, percebi que não estava ferida.

Abri os olhos.

Eu me vi em uma espécie de chalé de madeira que não tinha muita coisa, mas era bem limpo. Havia uma mesa e duas cadeiras em um canto, próximas a um grande armário. Uma lareira enorme estalava do outro lado, perto de uma pilha de lenha grosseiramente cortada.

Uma parede era tomada por prateleiras cobertas de livros. Jam estava diante delas, com o corpo curvado, segurando uma almofada no chão e lendo. Uma mecha de cabelos caía sobre seus olhos, quase tocando o nariz.

Ele deve ter percebido que eu o observava, pois ergueu o olhar. Em seu rosto, um enorme sorriso brotou.

— Lauren — disse. — Como está se sentindo?

Esforcei-me para me apoiar nos cotovelos.

— Com fome — respondi. — Onde estamos?

— No norte de Vermont, na Floresta Nacional Cold Ridge. — Jam foi rapidamente até a lareira e pegou uma fatia do pão que repousava sobre uma toalha ali perto. — Estamos na casa do Glane.

Ele trouxe o pedaço de pão para mim, depois pegou um pouco de água em uma jarra perto da porta.

— Quem é Glane? — Enquanto bebia a água, corri mais uma vez o olhar pelo cômodo. Havia uma fileira de esculturas de madeira no parapeito da janela. Lindas peças ovais, em forma de ondas e círculos com buracos.

— Você vai conhecê-lo — afirmou Jam. — Ele deve voltar logo. O Glane encontrou a gente.

— Encontrou a gente?

Jam assentiu.

— Na floresta. — Seu rosto ficou vermelho. — Ele me encontrou primeiro. Eu... Ah, Lauren, desculpa. Me perdoa por ter te deixado...

Dei de ombros, sem saber o que dizer. Assim que acordei, eu tinha esquecido que Jam havia me deixado na neve. Agora as memórias voltavam com todo o resto. Sonia Holtwood. A certeza de que ela havia me sequestrado quando eu ainda era criança. E a expressão angelical da minha mãe.

O rosto de Jam estava ainda mais vermelho agora.

— Mas você precisa saber que eu não fui para nenhum lugar. Quer dizer, eu fiquei vagando por alguns instantes, mas eu sabia onde você estava...

A porta do chalé se abriu, deixando entrar uma lufada de ar frio e o brilho ofuscante da luz do sol. Por um instante, pude ver o céu azul e a neve se estendendo para longe da porta; em seguida, uma silhueta enorme, vestindo lãs e peles, com um rifle dependurado no ombro, apareceu na passagem.

A criatura deixou as botas do lado de fora e finalmente entrou.

— Esse é o Glane — Jam apresentou com um tom de orgulho na voz, como se estivesse exibindo o homem para mim.

Glane tirou o chapéu e as luvas. Emoldurado por uma grande barba, havia um rosto enrugado. Era impossível dizer sua idade. Os olhos brilhavam, profundos e castanhos, enquanto ele se inclinava e me oferecia um aperto de mãos.

— Oi, Lauren, como você está? — Seu sotaque era americano, mas deixava escapar um leve cantarolar.

Empurrei as pernas para fora da cama, apoiando os pés em um tapete desbotado no chão.

— Estou bem — respondi.

Ficar nervosa não era uma atitude inteligente. Esse cara tinha salvado a nossa vida. Mas o que ele estava fazendo ali, no meio do nada? Quer dizer, ele vivia ali, como uma espécie de eremita esquisito?

Glane olhou para mim, e eu me senti desconfortável, como se ele pudesse ver o que eu estava pensando.

— Agora que a Lauren acordou, acho que vamos ter que ir embora — anunciou Jam, soando ligeiramente relutante.

— Quanto tempo eu passei dormindo? — perguntei.

— Toda a noite passada, de domingo, e a maior parte do dia hoje. — Glane sorriu. — Agora é tarde demais para ir a qualquer lugar. Mas, se não estiver nevando amanhã cedo, a gente pode partir.

Olhei para Jam.

— Você ligou para a minha mãe?

Ele negou com a cabeça.

— Não tem telefone aqui.

— Você está me zoando? — falei, em choque.

A risada de Glane veio como o rugir de um trovão.

— Nem telefone nem eletricidade. Nenhuma dessas conveniências da vida moderna.

Deslizei outra vez o olhar pelo cômodo. Certamente era espartano. Mas, ainda assim, havia também alguns toques de delicadeza — as esculturas de madeira, uma cortina bege na janela e uma tigela de pinhas sobre a mesa.

— Mas a gente precisa ir embora — expliquei.

Acho que eu devia pensar em minha mãe e em meu pai, e em como eles deviam estar preocupados. Mas parte de mim certamente estava preocupada com Sonia Holtwood, temendo que ela pudesse, de alguma forma, descobrir que havíamos sido resgatados e, assim, voltasse a nos perseguir.

Sim, todos esses sentimentos estavam ali, como ruídos de fundo em minha cabeça. Contudo, eles desapareciam ao lado da imagem da minha mãe — a bela mulher na praia. Agora que eu tinha visto seu rosto — e agora que Sonia admitira que tinha me roubado —, nada me impediria de encontrá-la assim que eu deixasse aquela floresta.

— Não tem problema. — Glane sentou-se à mesa. — A cidade mais próxima daqui é Wells Canyon, a pouco mais de trinta quilômetros. Acho que conseguimos chegar lá em um dia, mas você vai ter que pegar minhas botas emprestadas. Seus sapatos estão destruídos.

Acompanhei seu olhar até o canto, onde meus tênis estavam deitados de lado. Mesmo da cama eu podia enxergar os buracos na sola.

Glane se levantou, o corpo gigante dominando o pequeno cômodo. Olhei para seus pés enormes.

— Acho que suas botas não vão servir nos meus pés — gaguejei.

Ele deu risada. Uma risada cheia, sonora, vinda do fundo de suas entranhas.

— Vou fazer um forro para você. Hoje à noite. — E se virou para Jam. — Matei alguns coelhos ali fora. Você me ajuda a tirar a pele?

Aff. *Um eremita esquisito e assassino de coelhos.*

Olhei para Jam, esperando vê-lo fazer cara de nojo. Mas, por mais impressionante que possa parecer, ele já estava de pé e na metade do caminho até a porta.

Ele só podia estar de brincadeira. Tirar a pele de um animal? Eca!

— Lauren? — Glane sorriu para mim. — Quer ajudar?

Neguei com a cabeça. *Você quer me ver vomitar?*

— Mas aposto que você vai gostar de comer — ele disse, sorrindo.

Pisquei.

— Pode descansar — continuou Glane. — Se quiser, coloque mais lenha na fogueira. E pode ficar à vontade para dar uma olhada pela casa.

Ele e Jam desapareceram lá fora. Eu explorei o chalé. Em um armário havia um pouco de comida desidratada e uma pilha de pratos e xícaras. Em outro, três violinos sem o tampão. Os livros formavam uma mistura estranha: muitas obras de capa dura repletas de belas imagens de instrumentos musicais antigos e uma fileira de manuais diversos, com títulos do tipo *Como depenar uma galinha* e *Receitas básicas para preparar no quintal*.

Quem era esse cara?

Glane voltou enquanto eu pegava mais um pedaço de pão. Dei um passo para trás, me sentindo culpada.

— Pode comer — ele disse. — Tudo bem.

Glane pegou um grande balde de madeira e virou para sair outra vez.

— Há quanto tempo você mora aqui? — perguntei.

Ele sorriu.

— Eu não moro aqui. Só passo um mês por ano nesta casa. Eu estava pronto para voltar para a cidade hoje, para Boston.

Tentei imaginá-lo em uma cidade movimentada e pulsante.

— Você mora em Boston?

Glane assentiu.

— Eu trabalho lá. Conserto instrumentos musicais.

Eu o observei andando pela neve e indo até onde Jam estava sentado, ao lado de um tronco cortado de árvore. O sol refletia no enorme machado a seus pés. Glane pegou a ferramenta como se ela fosse um brinquedo e a levou atrás da cabeça. Estava ensinando Jam a usá-la.

Que ótimo. Um eremita esquisito e carniceiro que conserta violinos e tem um machado na mão.

Jam pegou o machado e imitou o movimento de Glane. Para cima, mais para cima no ar e um golpe. A ferramenta se afundou no tronco da árvore.

— Bem "de volta à natureza" — murmurei.

Respirei fundo e exalei.

Jam se aproximou de um monte de neve. Glane lhe passou o balde que havia levado de dentro do chalé e apontou para outro lugar na neve. Coloquei meus tênis furados e fui para fora. O sol estava baixo no céu, mas esquentava minha cabeça.

O rosto de Jam ficou iluminado, contente, quando me aproximei.

— O Glane está me mostrando de quais lugares eu devo recolher a neve para derreter e termos água — explicou.

Eu queria dar risada.

Ah, que ótimo. Isso vai ser muito útil quando voltarmos para o norte de Londres.

Jam parecia tão animado e contente consigo mesmo que eu simplesmente não disse nada.

Depois de mais alguns minutos, senti a neve passando pelos buracos dos meus tênis. Corri de volta para dentro do chalé.

O rosto da minha mãe continuava em minha mente. Era uma presença mais forte do que a floresta e a neve. Mais forte até do que Jam.

Sentei diante da lareira e observei as chamas. Se eu pudesse encontrar minha mãe, todo o resto da minha vida faria sentido.

Pelo menos, eu saberia quem eu era.

17
Mais real do que a vida

A noite escura caiu. Glane acendeu dois lampiões, depois preparou um ensopado com a carne de coelho e algumas ervas. O cheiro estava delicioso, mas a ideia de comer aquilo depois de saber que eles haviam tirado a pele dos coelhos me deixava enjoada.

Jam estalou os lábios.

— Maravilhoso.

— Mesmo? — falei.

A boca de Jam se abriu em um enorme sorriso.

— Prova.

Timidamente, peguei uma colher do molho com carne. Estava bom. E eu estava faminta.

Comi com gosto.

Depois da refeição, Glane levou as louças para fora. Não achei que estivesse cansada, mas, quando deitei na cama, me entreguei a um sono delicioso.

Ela estava lá outra vez. Minha mãe. Seu rosto cheio de amor por mim. Ela me puxou para o lado e gentilmente acariciou minha bochecha. Suas mãos eram suaves e calorosas. Era impossível haver um toque mais leve que aquele.

Meu coração deu um salto. Era surreal. Ela estava ali. Aquilo estava mesmo acontecendo.

Fiquei tensa, tentando me libertar do sono.

Forcei os olhos a se abrirem.

Não havia ninguém ali. Olhei em volta. O chalé estava vazio, exceto pela presença de Jam, que estava parado a alguns metros, dando uma olhada em um dos livros de Glane. Ele franzia o cenho para a página, claramente incomodado pelo que lia.

Soltei a cabeça para trás, decepcionada.

Glane entrou com passos decididos, trazendo consigo o ar gelado. Foi até perto da lareira e se sentou.

— Hora de fazer o forro da bota — disse. — Quer ajudar, Lauren?

Não encontrei uma forma de recusar.

Por um terrível segundo, pensei que talvez ele estivesse planejando usar as peles de coelho cque havia arrancado mais cedo.

Então ele foi até uma cesta no chão e puxou um pouco de lã. Suspirei, aliviada.

Glane passou o material em volta do meu pé, em seguida o mediu usando um par de botas. Eu o ajudei a cortar e costurar a lã, que logo começou a tomar a forma de um sapato rústico.

Jam ainda estava entretido com sua leitura.

— O Jam também não precisa de um forro? — perguntei.

— Os sapatos dele não estragaram — explicou Glane.

Mexi o corpo desconfortavelmente na cadeira. Por que Glane fazia tudo soar como fim de papo?

Jam finalmente baixou o livro e foi até a porta.

— Vou ali fora — anunciou sorrindo. — Para mais uma experiência de fazer xixi enquanto congelo.

Enquanto ele fechava a porta, eu me dei conta de que meu amigo estava mesmo gostando de ficar ali. Certamente se sentia mais à vontade do que eu perto de Glane.

Senti uma ponta de ciúme no estômago. Eu não estava acostumada a dividir Jam com ninguém.

Eu me aproximei para ver que livro ele estava lendo. Era um manual: *Como fazer fogo sem fósforo.*

Pelo amor de Deus.

Glane baixou o forro e olhou para mim. Meu coração deu um salto. *Chegou a hora. O eremita esquisito e assassino com um machado ataca a adolescente indefesa em um chalé isolado na floresta.*

— Então você está em busca do seu passado? — ele perguntou, como se já soubesse a resposta.

Chocada, eu o encarei.

— O Jam contou para você?

Glane assentiu.

— É claro. Você acha que eu não perguntei por que vocês estavam aqui, na floresta, morrendo congelados?

Eu me virei para o lado. Aquele era o meu segredo. A minha história. Jam não tinha esse direito.

— Não fique nervosa — Glane pediu com uma voz suave. — Ele achou que você acabaria morrendo. Estava muito assustado, muito triste. E com vergonha por ter perdido a paciência e deixado você para trás.

Ergui o olhar.

— Ele também contou isso?

Glane assentiu, concentrando-se outra vez na lã. Seus dedos eram como salsichas enormes e gordas, mas se movimentavam habilmente sobre o material.

— Passamos muito tempo conversando enquanto você dormia. E concordamos que um homem não deve fazer algo assim.

Balancei a cabeça. Minha irritação com Jam já se transformava em irritação com Glane. Certo, talvez o cara não fosse um assassino com um machado, mas definitivamente era um idiota insuportavelmente arrogante.

— Não sei o que ser homem tem a ver com isso — esbravejei. — Além do mais, o Jam só tem quinze anos. Não é exatamente um homem.

— Mas está tentando se tornar um — explicou Glane, puxando a lã e testando para ver se a costura estava firme. — Não é tão fácil quanto você imagina. Especialmente sem um pai para o orientar. Aqui, o seu forro está pronto.

Ele me passou o revestimento costurado. Pareciam meias grossas e felpudas.

— O Jam *tem* pai — esclareci. — Seus pais são divorciados, mas o pai dele não morreu. Fui eu que perdi os meus.

Glane aproximou o lampião e começou a recolher os pedaços de fio de lã no chão.

As palavras saíram da minha boca antes que eu me desse conta de que as pronunciaria:

— Eu vi o rosto dela. Nas minhas memórias. Minha mãe de verdade. Eu a encontrei. Quer dizer... no meu sonho. Mas eu sei que ela está lá, me esperando.

Parei. O que eu estava fazendo? Minhas memórias eram confidenciais, secretas, sensíveis. E ali estava eu, tagarelando sobre elas com aquele cara que eu mal conhecia.

Glane me encarou.

— Mas, Lauren — disse —, isso tudo só está dentro da sua cabeça. Não é de verdade.

Puxei os forros.

Glane não entendia. E como poderia entender? É impossível explicar qual é a sensação quando algo dentro da sua cabeça é mais real do que a própria vida.

18
Deixando a floresta

Na manhã seguinte, saímos bem cedo. Alguns flocos de neve ainda caíam do céu nublado, mas Glane estava confiante de que não haveria nenhuma nevasca. Ele nos emprestou agasalhos, chapéus e luvas.

O forro de lã que ele fizera serviu bem nas botas enormes que ele me emprestou, mas elas ainda pareciam grandes e pesadas em meus pés. Minhas pernas já doíam em nossa primeira parada para uma rápida refeição, composta de pão (preparado em uma lata fechada na lareira do chalé, na noite anterior) e água (neve derretida, fervida e resfriada).

Caminhamos durante muito tempo, passando por inúmeras árvores e por caminhos cobertos de neve. Glane em momento algum olhava para o mapa, mas parecia saber, o tempo todo, aonde estava indo.

Já escurecia quando chegamos ao albergue Wells Canyon, nos arredores do que Glane dissera ser uma pequena cidade cerca de trezentos e vinte quilômetros a leste de Burlington. Minhas pernas estavam totalmente exaustas, e meus olhos, inchados por conta do sol e da neve.

Glane fez nosso check-in e fomos para o andar superior. Enquanto Jam e eu atravessávamos o corredor rumo a nossos quartos, meu estômago queimava. Eu tinha medo de telefonar para minha mãe. Ela certamente estaria furiosa pelo fato de eu ter fugido. O que mais eu precisava fazer para que ela entendesse como era importante para mim encontrar minha mãe biológica?

Jam também parecia ansioso. Foi para o seu quarto sem dizer nada. O meu ficava algumas portas adiante. Era simples, mas limpo. Corri a mão pelo algodão grosseiro da colcha. Havia um telefone grande e antigo ao lado da cama. Eu o encarei.

Precisei de cinco minutos para reunir coragem e digitar o número do celular da minha mãe.

— Alô? — Sua voz soou exausta.

— Mãe?

— Lauren. — Agora era quase um sussurro. — Você está bem? Está em segurança?

— Eu estou bem, mãe. Está tudo bem.

— Ah, meu Deus, Lauren.

Percebi que ela chorava.

Sentei na beirada da cama.

— Desculpa, mãe.

— Onde você *está*?

Eu lhe contei tudo, mas sua preocupação persistia. Ela queria saber se eu estava realmente bem.

— Ainda estamos em Boston, mas podemos te encontrar dentro de algumas horas — ela explicou. — Seu pai também está aqui. E o FBI. Eles localizaram vocês em Burlington, mas depois disso perderam seu paradeiro. Você vai ter que contar para eles quem te levou do aeroporto, e...

Ajeitei o corpo, com o coração acelerado. Do que ela estava falando?

— Espera, mãe. Escuta. No aeroporto de Boston... a gente saiu... de propósito. Fui eu. Eu convenci o Jam, porque eu precisava descobrir. Descobrir de onde eu vim.

Um silêncio de puro choque se instalou.

— O quê? — arfou minha mãe.

— Você se recusava a falar, então eu... Nós fomos a Marchfield. Eu...

— E eu pensando que você tinha sido sequestrada por algum lunático no aeroporto — berrou minha mãe. — Eu pensei que você estivesse *morta*, Lauren!

— Mas eu te mandei mensagem dizendo que a gente estava bem — gaguejei. — Eu não queria que você ficasse preocupada. Não é você que vive dizendo que os psicopatas são raros?

— Não ficasse preocupada? — ela gritou. — E como eu poderia ter certeza que não foi *alguém* que te forçou a enviar aquela mensagem?

Eu me senti tomada pela culpa. Aquela possibilidade não havia me ocorrido.

Minha mãe inspirou ruidosamente.

— Então, enquanto eu estava paralisada aqui, sem conseguir dormir nem comer durante cinco dias, você estava perambulando pelos Estados Unidos com seu namorado, tentando descobrir coisas que nós não te contamos porque você ainda não tem idade para saber? Uma decisão que você só confirmou estar certa ao se mostrar tão, tão egoísta...

— Mas... escuta... Desculpa, mãe. — Hesitei, tentando encontrar o que dizer para fazê-la entender. — A gente planejava sumir só por algumas horas. Escuta. Mãe, eu... eu sei sobre Sonia Holtwood e...

— Você não sabe de nada, Lauren. — De repente, a voz de minha mãe se tornou dura e grave.

— Mãe, ela perseguiu a gente — declarei. — Ela armou uma emboscada e... tentou nos matar. — Estremeci ao me lembrar da sensação no carro e na floresta.

— Você acabou de falar que saiu sozinha.

— A gente saiu, é verdade. Mas isso aconteceu depois, depois que conversamos com o sr. Tarsen. — Nesse momento, eu me detive. Era inútil tentar. Tudo o que havia acontecido agora saía de forma bagunçada. E nada disso importava mais. Só uma coisa tinha importância.

— Mãe, você precisa me escutar. Sonia Holtwood admitiu o que fez quando eu tinha...

— JÁ CHEGA! — O grito da minha mãe saiu tão alto que precisei afastar o telefone.

Fiquei ali sentada, com o coração acelerado. Lentamente, trouxe o aparelho de volta para perto da orelha. Pude ouvir minha mãe respirando pesadamente do outro lado. De repente, lembrei de Sonia falando que eu valia "uma fortuna" quando era pequena.

Alguém deve ter pagado essa fortuna a ela. Por que outro motivo ela me deixaria ir?

— Você me comprou dela? — sussurrei, com um nó no estômago. — Você pagou para ficar comigo?

Mas minha mãe pensou rápido.

— Já chega, Lauren — insistiu. — Nós vamos te buscar. Estaremos aí em algumas horas.

— Mas...

— Conversaremos sobre isso quando eu chegar.

E desligou.

Eu me inclinei sobre os joelhos.

Como eles puderam fazer isso? Não havia outra explicação. Minha mãe e meu pai eram pessoas muito, muito más, que haviam pagado a Sonia para me roubar da minha verdadeira mãe.

Minha mãe, tão bela, tão ingênua...

Não era de surpreender que eles se recusassem a me contar qualquer coisa sobre a adoção. Rangi os dentes, odiando-os com cada célula do meu corpo. Eu não precisava deles. Não precisava de mais ninguém.

E foi então que me ocorreu — a única coisa possível a fazer.

Fui até o andar de baixo, encontrei o computador do albergue e entrei na internet.

19
Indo para casa

Uma hora depois, eu estava outra vez no meu quarto.

Tomei banho e me troquei.

Glane nos arrumara algumas roupas que haviam sido abandonadas no hotel. Coisas deixadas para trás por ex-funcionários. As minhas eram horríveis: uma calça cargo enorme, dois moletons cinza terríveis e um par de tênis pink. Passei o pequeno pente de plástico nos cabelos, desejando ter um pouco de pomada de cabelo e uma lixa de unhas. E maquiagem. Minha pele estava muito vermelha por causa do frio e da neve, e os lábios, rachados.

Olhei meu reflexo no espelho.

Meu coração afundou.

Não era essa a aparência que eu queria ter quando encontrasse minha mãe de verdade. Ela era tão linda que jamais acreditaria que eu fosse sua filha.

Segui até o restaurante e passei por um mar de mesas vazias até chegar àquela diante da qual Jam e Glane estavam sentados. Avistei uma garrafa de cerveja na mesa diante de Glane, que parecia outra pessoa. A barba não estava mais ali, e ele usava um jeans escuro e uma camiseta branca lisa. Ele ergueu o olhar do cardápio enquanto eu me aproximava.

— Humm... — Correu a língua pelos lábios. — Panqueca de trigo sarraceno com xarope de bordo para mim.

Sentei.

— Não tem coelho sem pele no cardápio? — lancei.

Glane sorriu.

— Não. Além do mais, só como carne quando não tem outra opção. E quando eu mesmo cacei. — E me olhou de canto de olho. — Não vejo por que outra pessoa deveria tirar a pele dos coelhos para mim.

Ignorei suas palavras e limpei a garganta.

— Preciso te falar uma coisa.

— O quê? — Jam tomou um longo gole da cerveja de Glane.

Percebi que ele também estava usando roupas novas. Mas muito melhores do que as minhas. Calça jeans e suéter preto. Seus cabelos estavam úmidos e penteados para trás, afastados do rosto.

Hesitei.

— Martha Lauren Purditt desapareceu em Evanport, perto de onde nasceu. Fica em Connecticut.

Jam arqueou as sobrancelhas.

— E daí?

— Eu vou até lá. Agora. Já fiz uma busca na internet. Os Purditt, a família que perdeu Martha, ainda mora lá.

Jam franziu a testa.

— E como você sabe que são os mesmos Purditt? — perguntou.

— Voltei a olhar as notícias de quando... de quando Martha desapareceu. Eles se chamam Annie e Sam Purditt. Encontrei o endereço em diferentes matérias publicadas. — Suspirei. — Eu devia ter feito isso muito antes, mas algumas coisas eu só consegui descobrir agora.

O rosto da minha mãe. Agora eu conheço seu rosto e só preciso vê-la para saber se sou ou não Martha.

Glane esfregou a mão no queixo recém-barbeado.

— Mas... e os seus pais? E a polícia?

Eu não sabia como dizer que tinha certeza de que os meus pais estavam envolvidos, desde o início, no meu sequestro.

— Os meus pais não entendem como é importante para mim saber quem eu sou de verdade — expliquei, rapidamente.

Um sorriso se formou lentamente nos lábios de Glane.

— Essa busca pela sua família biológica não vai mostrar quem você é. Só vai dizer que você é a filha desaparecida de alguém.

Neguei com a cabeça.

— Você não acha que a família de quem eu fui tirada tem o direito de saber o que aconteceu comigo?

— Sim, eu acho. Mas vai ser difícil. Para todo mundo. Você devia esperar e conversar com as pessoas primeiro. — Glane fez uma pausa. — Lauren, acho que você não está vendo a realidade, bem debaixo do seu nariz.

Eu me levantei.

— Tudo bem. De qualquer jeito, estou indo.

— Como assim? — questionou Jam. — Como você vai chegar até lá?

E tomou mais um gole da cerveja de Glane.

Respirei fundo.

— Vou pedir carona.

Jam cuspiu a cerveja na toalha de mesa.

— Sem essa — falou, furioso. — Não acredito que você está pensando em fazer isso depois de tudo o que aconteceu com a gente.

— Bem, e o que mais eu posso fazer? — Olhei para baixo, sentindo o rosto queimar. — Quero agradecer por tudo o que você fez. E dizer que vou te pagar quando puder.

Minhas mãos estavam trêmulas enquanto eu me afastava.

Parei na entrada do hotel e vesti o moletom cinza, horrível. A rodovia estava a poucos metros da nossa rua.

Meu estômago roncou. Teria sido melhor se eu tivesse programado comer antes da minha saída triunfal. De qualquer forma, provavelmente restavam poucas horas antes de meus pais chegarem.

— Ninguém vai dar carona para você se estiver usando um tênis como esse — uma voz anunciou atrás de mim.

Dei meia-volta. Jam observava meus tênis rosa-choque. Ele ergueu o olhar e continuou:

— Você não pode fazer isso, cabeção. É muito perigoso.

— A decisão é minha.

Cruzei os braços e fui até o lado de fora.

Droga, fazia muito frio.

— Por que você está brava comigo? — Jam quis saber.

— Não estou brava — respondi, andando mais rapidamente.

— Então por que está me pondo de escanteio? E que história é essa de "pago quando puder"? Pensei que fôssemos amigos, não?

— É mesmo? E eu pensei que agora você fosse amigo do Glane.

Estremeci enquanto as palavras saíam da minha boca. Eu sabia que estava sendo infantil e ridícula.

Jam segurou meu braço e me fez virar para olhar para ele.

— Está com ciúme? — perguntou, sorrindo.

— É claro que não. — Eu o encarei. — Mas eu sei que você me acha obcecada e egoísta, e achei que não quisesse mais me ajudar.

Estávamos bem perto da estrada. As luzes que marcavam seu início brilhavam à nossa frente. O ponto em que Jam segurava meu braço era o único local aquecido de todo o meu corpo.

— Realmente eu te acho obcecada — ele disse lentamente. — Mas ainda assim você é minha amiga.

Fiquei ali, tentando não tremer com o ar gelado da noite. Senti uma pontada de culpa. Era, *sim*, maldade da minha parte sair andando quando Jam havia sido tão legal comigo.

Ele me soltou, puxou o psp do bolso e esfregou o dedo nas ranhuras na parte traseira.

Hesitei. Depois de tudo o que havíamos passado, eu não queria dizer adeus assim.

— Sua mãe estava brava quando você falou com ela? — perguntei.

— Parecia que sim. — Jam revirou os olhos. — Parece que ela contou para os seus pais sobre aquela sessão ridícula de hipnose que vocês fizeram, e agora os seus pais estão furiosos com ela, porque acham que ela te encorajou a planejar tudo isso. Então ela também está brava com eles. E brava comigo por ter fugido. Minha mãe está aqui, sabia? No mesmo hotel dos seus pais. E também está brava por causa disso, por ter que deixar minhas irmãs com amigos.

— E o seu pai?

— Ele está ocupado com a nova família dele. — O rosto de Jam ficou duro como uma máscara. — Parece que ele planejava vir se eu não aparecesse depois de mais uma ou duas semanas, algo assim.

Franzi a testa. Minha mãe dissera que meu pai havia tomado um voo para os Estados Unidos assim que eu sumi. E eu sabia como ele andava ocupado.

— Em uma ou duas semanas?

Jam apontou para as seis ranhuras na parte traseira do PSP.

— Lembra que você perguntou o que era isso aqui? — Sua voz estava grave, ligeiramente trêmula. — Quando entramos no carro com a Suzanna, ou Sonia, ou sei lá qual era o nome dela...

Assenti.

— Meu pai me deu esse PSP quando eu tinha doze anos. Desde então, a gente nunca mais se viu. Fiz uma marca para cada vez que conversamos desde que ganhei esse presente. Uma marca para cada vez que ele prometeu ir me ver e não foi.

Olhei para Jam. Glane estava certo. Eu não enxergava aquilo que estava bem debaixo do meu nariz.

— Sinto muito — gaguejei. — Eu não fazia...

— Não precisa lamentar — lançou Jam. — Eu não ligo para o meu pai.

Uma pausa desconfortável se instalou.

— Olha — falei. — Não é que eu quisesse seguir viagem sozinha, mas eu sei que você acha péssima a ideia de...

— Eu nunca disse isso. — Jam suspirou. — É só que, bem, por que fazer tudo isso sozinha? A polícia vai investigar essas coisas. Depois do que Sonia Holtwood fez, eles vão ter que levar muito a sério a ideia de você ter sido roubada. Você não está vendo? Agora tudo vai ficar claro, independentemente do que todos os envolvidos possam fazer.

Ele estava certo. E era exatamente esse o problema.

Olhei para a rodovia. Estava frio. E eu sabia que era arriscada a ideia de pedir carona até Evanport. Mas eu não suportava o pensamento de outras pessoas encontrarem minha mãe verdadeira. Ou de muitos policiais se meterem no caminho.

Encolhi os ombros.

— Eu preciso fazer isso, Jam.

— Tudo bem. — Para a minha surpresa, um sorriso se espalhou lentamente pelo seu rosto. — Então entra um pouquinho. Pensei em uma alternativa muito melhor do que pedir carona para chegar até lá.

20
Evanport

Passei por tantas emoções nas últimas vinte e quatro horas que chega a ser difícil lembrar como me senti grata e aliviada quando Jam me levou de volta ao restaurante e me explicou o plano que tinha bolado.

— Consegui que o Glane concordasse que, caso eu não te convencesse a desistir de ir em frente, ele nos levaria pessoalmente a Evanport.

Glane continuava sentado à mesa e, nesse instante, olhou solenemente em minha direção.

— Não posso te deixar viajar de carona, Lauren, mas só vou ajudar com a condição de que você conte para os seus pais o que está fazendo e que telefone para a polícia assim que encontrar sua família biológica.

Joguei os braços em volta dele. Como pude achar que Glane era um cara esquisito?

— Obrigada — arfei. — Obrigada por tudo.

— Ah, bem... — Glane falou, rispidamente. — Evanport não fica tão longe do caminho para Boston.

Assim que terminamos de comer, nos preparamos para partir. Eu estava ansiosa para seguir adiante e sentia um nó no estômago com a possibilidade de os meus pais chegarem e, de alguma forma, nos impedirem de continuar.

Telefonamos para eles da caminhonete alugada de Glane. Ouvi mais gritos e lágrimas da minha mãe. Eles estavam prestes a sair de Boston para nos encontrar.

Pedi a ela, a meu pai e a Carla que esperassem nosso telefonema no dia seguinte, então desliguei. Nem me preocupei em tentar explicar o que eu estava fazendo.

Minha mãe e meu pai não mereciam explicações.

Paramos em um hotel para dormir algumas horas. Bem, os outros dormiram — eu podia ouvir Glane roncando através das finas paredes. Permaneci acordada. A ideia de conhecer minha mãe verdadeira era ao mesmo tempo animadora e aterrorizante.

Fechei os olhos e tentei me lembrar de como era seu rosto. Sua voz. Seu sorriso gentil.

Vai ficar tudo bem. Eu só preciso vê-la.

* * *

Chegamos a Evanport na manhã seguinte, quarta-feira, por volta das dez horas da manhã. A rua principal da cidade estava tomada por carros e pessoas fazendo compras.

Pode ser que ela esteja aqui. Talvez seja qualquer uma dessas pessoas...

Passamos por lojinhas de roupa com fachada de madeira e restaurantes com bancos altos do lado de dentro das vitrines. A cidade contava com uma grande marina de um lado, e muitas lojas nas ruas próximas tinham um clima marítimo. Muitas ostentavam antiquados letreiros de lata na fachada: Yachters' Paradise, Sails at Sea, Tom's Chandlery.

Conforme a caminhonete seguia lentamente pela via, percebi que a maioria das pessoas por ali era magra e elegante. Havia alguns jovens, mas a maioria era de mulheres de meia-idade, com cabelos arrumados e blusas perfeitamente passadas. Os homens usavam calça de sarja e suéter sobre os ombros.

Eu estava tão nervosa que pensei que fosse vomitar.

Verifiquei minha aparência no retrovisor. Meu Deus, eu estava péssima. Pálida, com um ar de cansaço e manchas grosseiras e vermelhas nas bochechas.

Pensei em pedir a Glane para fazer uma parada rápida para que eu pudesse comprar maquiagem, mas eu também teria que pedir dinheiro, e, quanto mais assustada eu ficava, menos tinha vontade de falar.

Minha confiança se desvanecia quanto mais eu olhava para a calça e para o moletom que estava usando.

— Ei, tudo bem com você? — Jam perguntou, me cutucando com o braço.

Eu me inclinei na direção dele, me esforçando para respirar direito.

— Eu queria estar com uma aparência melhor — resmunguei.

Eu queria que a frase soasse leve, quase em tom de brincadeira. Mas soou tão desesperada quanto eu me sentia.

Jam virou para mim e sussurrou em meu ouvido:

— Para mim, você está linda.

Corei.

— Quando tudo isso terminar, vou querer fazer uma pergunta para você — ele disse.

Com um rugir de engrenagens, Glane parou a caminhonete. Quando desligou o motor, veio um silêncio ensurdecedor. O sangue golpeava em meus ouvidos.

— Chegamos — ele anunciou.

Fiquei grudada no assento enquanto ele abria a porta e saía. Ele deu um passo para trás. De alguma forma, fiz minhas pernas se movimentarem enquanto o seguia pela calçada, mantendo o olhar na casa em frente.

Era grande — muito maior do que a minha, com um jardim na frente decorado com uma grama perfeitamente aparada. As árvores dos dois lados do gramado tinham folhas douradas e brilhavam contra a forte luz do sol.

Fiquei parada, com as mãos trêmulas, olhando para o caminho de tijolos que levava à porta principal.

Jam saiu da caminhonete, se aproximou e se posicionou ao meu lado.

— Lauren?

— Não vou conseguir — choraminguei. Dei um passo para trás, na direção da caminhonete. — Não consigo.

— Quer ir embora? — perguntou Glane. — Ou ligar para os seus pais? Para a polícia?

— Não.

Eu não podia jogar tudo para o alto agora. Era isso que eu queria, não era? Descobrir se eu era mesmo Martha Lauren Purditt. Conhecer minha mãe verdadeira. Do meu jeito.

Era muito provável que eu estivesse errada. Eu entraria na casa e ficaria claro que a garota desaparecida não era eu.

Santo Deus.

Todo o meu corpo tremia.

Jam colocou a mão no meu braço.

— Quer que a gente vá com você? — perguntou.

Neguei com a cabeça. Eu não confiava em mim mesma para dizer nada. Mesmo assim, eu sabia que tinha que enfrentar aquilo sozinha. Dei um passo na direção do caminho de tijolos.

Senti os dedos de Jam se entrelaçarem aos meus e deslizarem para longe.

— Boa sorte, cabeção — ele sussurrou.

Sorri para ele. Então virei e comecei a andar na direção da casa.

PARTE 2

PROCURANDO LAUREN

21
Lá dentro

Uma garota abriu a porta. Tinha mais ou menos a minha altura, mas parecia um pouco mais nova, com cabelos longos tingidos de loiro caindo por sobre os ombros. Analisei seu rosto, desesperada por algum sinal de semelhança.

Ela me olhou, desconfiada.

— Posso ajudar?

— Eu... eu...

Agora que estava ali, percebi que não tinha a menor ideia do que dizer. Minhas pernas pareciam feitas de gelatina.

A garota estreitou os olhos.

— O que você quer? — perguntou.

Por um segundo, pensei que fosse vomitar. Precisei reunir todas as minhas forças apenas para dizer:

— Estou procurando a sra. Purditt. A mãe de Martha.

A garota franziu a testa.

— Vim para falar de Martha — insisti, pensando por um horrível momento se eu estava na casa certa. — Ela desapareceu há... há muito tempo.

Por um instante, a garota pareceu em choque. Então, a surpresa em seus olhos se transformou em desprezo.

— Quem mandou você vir aqui? — ela quis saber. — Foi Amy Brighthouse?

Pisquei, totalmente desnorteada.

— Quem é, Shelby? — perguntou uma voz feminina, vinda de dentro da casa.

— Vai embora — chiou a menina. — O que você está fazendo é nojento. É tão horrível que eu nem consigo acreditar.

Ela me empurrou para trás, deu um passo para fora da casa e fechou a porta. Eu a encarei. Do que essa garota estava falando? Ela me deu um empurrão na altura do peito com tanta força que cheguei a cambalear.

Atrás dela, a porta principal se abriu. Uma mulher de meia-idade, com cabelos curtos, repicados e negros, apareceu.

Precisei de alguns segundos para registrar quem era ela.

A mulher sorriu para mim, mas seus olhos pareciam tristes e sem vida.

Eu a encarei. *Não pode ser você. Não pode ser.*

— Oi — ela cumprimentou. — Você é amiga da Shelby?

— Não, mãe. Ela está aqui a mando de alguém com problemas mentais.

Eu mal conseguia ouvi-las. Lágrimas queimaram em meus olhos. A mulher diante de mim talvez tivesse sido bonita no passado, mas agora carregava linhas profundas esculpidas na testa e a pele pálida e flácida.

Aquela não podia ser minha mãe.

Minha mãe não tinha a dor gravada no rosto.

A mulher parecia confusa.

— Quem é você?

Ela não me conhece. Ela não me reconhece.

Agora as duas franziam a testa para mim. O ar estalava com a tensão.

Não havia nada a fazer além de dizer a verdade. Minha voz soava apática e distante, como se fosse outra pessoa falando.

— Acho que talvez eu seja Martha.

As palavras ecoaram no silêncio entre nós.

Os olhos da mulher ficaram arregalados. Ela agora estava boquiaberta.

— Martha? — sussurrou. — A minha Martha?

— Você é louca — lançou Shelby, me empurrando outra vez.

Mas não me atrevi a tirar os olhos da mulher. Ela deu um passo para trás e abriu mais a porta.

— Entra — ela me convidou.

— Não! — berrou Shelby. — Não, mesmo. Você não está vendo? Ela só pode estar de brincadeira.

Eu a ignorei e segui a mulher para dentro da casa. Tive a vaga impressão de ver, à esquerda, um espaço aberto com armários de madeira polidos e sofás grandes e floridos.

Eu estava entorpecida. Aquilo não parecia real.

— Não é ela, mãe — gritou Shelby, marchando para perto da mulher e sacudindo-lhe o braço. — Mãe? Ah, pelo amor de Deus! Vou chamar o meu pai.

Então Shelby correu para fora da casa.

A mulher me guiou na direção de um dos sofás.

— Sente-se.

Eu me sentei, e ela se ajeitou no sofá à frente. Parecia que seus olhos me devoravam.

Confusa, desviei o olhar. Não era para ser assim. Se aquela fosse a minha verdadeira mãe, eu certamente sentiria alguma coisa. Sentiria alguma... ligação, talvez?

A mulher mordiscou o lábio.

— Você se lembra de mim?

— Não sei — respondi, olhando para baixo.

Um longo silêncio se instalou entre nós. Por fim, ergui o olhar. A mulher continuava me encarando.

— Por que você acha que é a Martha?

Eu lhe contei tudo o que tinha acontecido desde o dia em que eu encontrei, na internet, o anúncio do desaparecimento de Martha.

Enquanto eu explicava que Sonia havia nos abandonado na floresta, ela se aproximou e se sentou ao meu lado.

— Pobrezinha — lamentou.

E ergueu a mão como se fosse afastar os cabelos do meu rosto. Constrangida, eu me afastei.

Um vazio se instalou em meu peito. Não era isso que eu esperava. Eu pensava que, se a visse, saberia. Teria certeza.

Mas eu não sabia. Ela era só uma mulher.

Vozes nervosas passaram pela porta principal, e eu me levantei. Shelby entrou correndo. Uma menininha — acho que um pouco mais nova que Rory — estava ao seu lado. Em seguida, três homens de meia-idade entraram, todos usando calça de sarja e camisa xadrez, exatamente como aqueles que eu vira no centro comercial de Evanport. Eram muitas pessoas para eu conseguir processar. Desnorteada, deslizei o olhar de um para outro.

— É ela? — O homem mais alto deu um passo na minha direção e segurou o meu ombro. Havia um tom quase de desespero em seus olhos. — Quem é você? — Ele sacudiu o meu braço. — O que está fazendo aqui?

A mulher colocou a mão sobre a dele.

— É a Martha, Sam — ela arfou. — Acho que dessa vez é mesmo.

Com essas palavras, um pandemônio se instalou. Todos na sala falaram ao mesmo tempo. O homem começou a gritar com a mulher, ignorando totalmente a minha presença.

— Não é ela, Annie. Ela não ia simplesmente entrar aqui e...

— É, sim. E ela entrou. — Annie se entregou às lágrimas. — Você não está vendo? Ela...

— Pare com isso. — A voz do homem ficou mais alta, transformando-se em um rugido terrível. — Pare. Não aguento mais ver isso acontecer.

Annie agarrou o braço do homem.

— Me escuta — pediu aos prantos. — Fique calmo, Sam, por favor.

Deslizei o olhar pela sala. Shelby e todos os homens berravam perto da porta. A única pessoa que não dizia nada era a menininha. Boquiaberta, ela me observava de trás do sofá.

Meu coração batia violentamente. Não sei como eu imaginava que seria o encontro com minha família verdadeira, mas não era assim. Eu não queria mais ficar ali, mas minhas pernas pareciam ter criado raízes.

A discussão entre o homem e Annie ficou mais histérica.

Ela estava quase de joelhos, implorando:

— Olhe para ela, olhe para ela. É igualzinha a você.

Mas o homem não parecia ouvi-la.

— Não aguento mais isso, Annie — ele repetia, com o rosto retorcido em agonia. — Você precisa aceitar.

— Por favor, parem de gritar — pedi, mas as palavras foram abafadas pelo barulho à minha volta.

E então uma voz mais forte surgiu acima de todas as outras:

— **FIQUEM QUIETOS.**

Todos deram meia-volta. Glane estava parado na porta. Sua forte presença dominava a sala.

Silêncio e choque se espalharam.

Antes que qualquer um pudesse perguntar quem ele era ou o que estava fazendo ali, Glane sorriu.

— É melhor ficarem calmos e ouvirem o que a Lauren tem a dizer.

22
Confissão

Eu estava na delegacia de polícia de Evanport.

Nem Glane, nem Jam, nem nenhum dos Purditt estavam lá.

Eu tinha passado as duas últimas horas conversando com uma agente do FBI.

MJ Johnson era alta e tinha um rosto comprido, meio de cavalo. Gostei dela. Ela ouviu cuidadosamente tudo o que eu disse e fez muitas perguntas com um tom compreensivo.

Depois saiu por alguns instantes, então voltou para me contar que Taylor Tarsen havia sido levado para um interrogatório e que minha descrição de Sonia Holtwood estava circulando pelas delegacias de todo o noroeste dos Estados Unidos.

Eu sabia que essa era uma boa notícia. Mas minha mente insistia em se concentrar no encontro com os Purditt. Eu continuava tentando cruzar os olhos tristes de Annie Purditt que eu tinha conhecido naquele dia com o rosto de anjo da mulher que eu via em minha memória. As duas eram realmente a mesma pessoa?

— Lauren?

Ergui o olhar. MJ esticou suas longas pernas.

— Você precisa entender — ela continuou. — Temos dois problemas distintos aqui. Todo esse assunto de você talvez ter sido roubada da sua família biológica quando era pequena é uma questão. Mas também tem o que Tarsen e Sonia Holtwood planejaram fazer com você e seu o amigo. São dois crimes separados. Duas investigações diferentes, mas que se cruzam.

— E o que vai acontecer agora?

— Você quer dizer com você? — MJ se levantou.

Assenti.

— Seus pais devem chegar em breve — ela disse vagamente. — Aí veremos o que fazer.

Ela me deixou outra vez sozinha. Curvei o corpo na cadeira e apoiei a cabeça no braço.

O relógio na sala tiquetaqueava com o passar dos segundos.

Eu não havia contado a MJ que tinha certeza de que minha mãe e meu pai sabiam que eu fora sequestrada quando criança. Eu mesma mal conseguia aceitar essa ideia. E certamente não estava pronta para vê-los.

Precisava de tempo para pensar sobre o que tinha acontecido com os Purditt. Eu devia estar errada com relação a eles. Só podia estar. É claro que, se Annie fosse mesmo minha mãe biológica, eu teria sentido algo quando a vi.

Fechei os olhos, e lágrimas queimaram minhas pálpebras. A única pessoa que eu queria ver agora era Jam. Se o meu interrogatório já tinha terminado, o dele certamente terminaria logo.

A porta se abriu. Dei um salto, esperando que fosse ele, mas, em vez disso, meus pais surgiram diante de mim.

Fiquei boquiaberta. Meu pai parecia que tinha envelhecido dez anos. Minha mãe estava pálida e parecia mais magra do que nunca. A blusa de frio se dependurava folgada sobre seus ombros.

Por um segundo, eles apenas olharam para mim. Depois minha mãe cruzou a sala e ficou ao meu lado, meio trêmula, meio me puxando para um abraço.

Fiquei ali, paralisada e sem jeito.

Suas lágrimas molharam meu pescoço.

— Ah, Lauren, sua idiota, idiota... Graças a Deus você está bem.

Ela se afastou ligeiramente, as mãos ainda em meus ombros. Seus olhos buscaram os meus, amedrontados e cheios de perguntas.

Meu pai se aproximou, mas ficou parado, com os braços cruzados, olhando para mim. Parecia furioso.

Tudo tinha mudado. Naquele instante, me dei conta disso. Entre nós, nada seria como antes.

— Você tem ideia do que fez? — sussurrou minha mãe.

Eu a encarei. O que *eu* tinha feito?

— Eu precisava saber a verdade — respondi.

Meu pai soltou um rugido grave. Olhei outra vez para ele. Havia olheiras escuras sob seus olhos e as bochechas estavam pálidas e sem vida.

Minha mãe me puxou para que eu me sentasse.

— Não contamos para você porque não queríamos que ficasse magoada — falou. — Nós contaríamos os detalhes quando você estivesse pronta.

Ela ainda não entende. Ela ainda não se deu conta de que eu sei.

— E quando você achou que eu estaria pronta para ouvir a notícia de que vocês me roubaram da minha família verdadeira?

Minha mãe me olhou como se eu tivesse lhe dado um tapa na cara.

— O quê?

Enjoada, olhei para ela.

— Não minta para mim. Eu sei da existência de Sonia Holtwood, lembr...

— Nós não te roubamos de outra família. — A voz da minha mãe estalava como um chicote. — Nós te adotamos da forma certa, oficialmente.

O ódio borbulhou em meu coração. Eu a odiava. Eu odiava os dois.

— Eu sei que Sonia me roubou — berrei. — E sei que vocês também me roubaram.

Incrédula, minha mãe me olhou, totalmente desconcertada.

— Não, Lauren, você entendeu tudo errado.

Tapei os ouvidos com as mãos. Eu não suportava mais ouvir mentiras. Minha mãe puxou meus braços.

— A MJ nos contou o que você disse, mas você precisa acreditar na gente. Nós pensamos que você fosse filha da Sonia.

— Então por que vocês pagaram a ela uma pequena fortuna por mim? — gritei.

Minha mãe piscou, com o rosto branco feito giz.

— Vamos! — berrei. — Você disse que conversaríamos depois. Bem, agora *é* depois. E *estamos* conversando. Então me conta.

Minha mãe cobriu o rosto com as mãos. Meu pai se sentou à nossa frente. Ele ainda não tinha tocado em mim. Ainda não tinha dito uma única palavra.

— E então, pai? — Lágrimas escorriam pelas minhas bochechas. — Você também vai mentir para mim?

Ele inclinou o corpo para a frente e afastou as mãos de minha mãe do rosto dela.

— A Lauren precisa conhecer toda a história.

Minha mãe arfou.

— Mas...

Ele apertou as mãos dela e a fez se calar. Em seguida, virou para mim com o maxilar tenso.

— Acho que chegou a hora de você conhecer a situação do ponto de vista de outra pessoa, Lauren.

Eu o encarei.

— Já dissemos muitas vezes quanto nós a queríamos, como você é especial para nós. — Meu pai respirou fundo. — Mas há muitas coisas que você não sabe.

Ele soava como outra pessoa. Suas bochechas vermelhas, típicas de um trapalhão, não estavam mais ali. Em seu lugar, havia um estranho, frio e calmo.

— Nós passamos dez anos tentando ter um filho, Lauren. Oito fertilizações e infinitas tentativas que não deram certo. Tentamos de tudo. Você não pode nem imaginar tudo o que passamos. Tudo o que a sua mãe enfrentou. — Ele fez uma pausa antes de prosseguir: — No fim, ela acabou tendo uma crise nervosa.

— Dave, não — sussurrou minha mãe.

— A Lauren pediu isso. — Meu pai me encarou com um olhar terrivelmente frio. — Sua mãe tentou se suicidar.

Parecia que ele tinha me dado um soco no estômago. Prendi a respiração. Minha mãe era tão organizada, tão no controle de... de tudo. Como pôde ter tentado se matar?

— Dave — implorou minha mãe.

— Então, concordamos em deixar de lado as fertilizações. Depois de algum tempo, sua mãe parecia mais forte e, como nós dois ainda queríamos um filho, decidimos partir para a adoção. É claro que, com a história da crise nervosa da sua mãe, foi impossível convencer as agências de adoção da região a considerarem a gente. Então começamos a procurar em outros lugares. Entramos em contato com agências de todo o mundo, desde a China até o Canadá. Sua mãe ficava cada vez mais deprimida, e eu, com mais medo de que ela... de que ela pudesse...

Meu pai me olhou profundamente, e eu desviei o olhar.

— Enfim — ele prosseguiu. — Certo dia, recebemos um telefonema da Marchfield. Taylor Tarsen. Tinha chegado aos ouvidos dele que estávamos procurando desesperadamente uma criança. Ele se mostrou solidário, mas disse que teríamos que driblar algumas regras para conseguir o que queríamos.

Meu coração saltou.

— Tarsen me disse que havia uma jovem, Sonia Holtwood, com uma menininha. A adoção seria direta. Mas havia uma condição. A mulher queria mais do que os custos normais que costumam ser pagos pelos pais para adotarem uma criança. Basicamente, ela queria vender você. Por muito dinheiro.

Finalmente, ele tinha admitido. A raiva se espalhou pelo meu corpo.

— Então vocês me compraram — cuspi. — Como se eu fosse um carro. Como se eu fosse uma "coisa". — Minhas mãos se apertaram com tanta força que senti as unhas afundarem nas palmas. — Como foi? Um bolo de notas em um envelope pardo ou algo assim?

Meu pai piscou para mim.

— Ah, claro que não — continuei, agora com sarcasmo. — Eu esqueci. Você é contador. Isso deve ter facilitado as coisas.

— Por favor, Lauren — minha mãe pediu, aos prantos. — Talvez ter dado todo aquele dinheiro para Sonia tenha sido um erro... — Seu rosto ficou tenso.

— Você acha mesmo?

Os punhos de meu pai socaram o braço da cadeira ao seu lado.

— Como você se atreve a falar assim com a gente? — gritou. — Como se pudesse nos julgar? Você não tem a menor ideia do que nós passamos. De como ficamos angustiados pelo que estávamos fazendo. Pagamos aquele valor porque queríamos muito ter um filho. Jamais faríamos algo assim se tivéssemos pensado que Sonia seria uma boa mãe, se ela quisesse ficar com você, se tivesse demonstrado o mínimo interesse... Mas o único interesse dela era quanto podia extorquir de nós. — Ele fez uma pausa, a respiração pesada e irregular. — Não somos nós os vilões nessa história.

— Nós pensamos que estávamos resgatando você dela. — Minha mãe segurou minha mão. — E você também nos resgatou. Ter você me fez forte de novo. Forte o suficiente para tentar a fertilização uma última vez. É por isso que eu sempre digo que o Rory é um enorme milagre. Mas você foi o meu primeiro milagre. Você sempre vai ser a nossa filha, Lauren. Sempre.

O rosto da minha mãe estava contorcido, como se implorasse para eu entender. Fechei os olhos, permitindo-me processar tudo o que eles haviam acabado de dizer. Os dois não sabiam que eu era uma criança roubada. Era isso que estavam me dizendo. Só tinham pagado a Sonia porque queriam me salvar e porque... porque... Abri os olhos e olhei para minha mãe. De repente, percebi como ela era pequena, como era frágil. Em algum lugar debaixo de toda aquela raiva, senti um pouco de pena dela, deles dois.

— Durante onze anos, trabalhei longas horas em um emprego que eu odeio, só para pagar o empréstimo que fizemos — contou meu pai amargamente.

Minha raiva ressurgiu, afogando a pena.

— Eu não pedi para você fazer isso.

Ele suspirou.

— Não, não pediu, mas...

— Você precisa entender que estamos com medo, Lauren. — Minha mãe apertou minha mão. — Nós descumprimos a lei. Não achamos que estávamos fazendo mal a ninguém, mas, mesmo assim, descumprimos a lei.

Alguém bateu secamente à porta. Era MJ.

— Desculpem interromper — ela disse. — Mas temos que discutir algumas questões práticas.

Larguei a mão de minha mãe e me ajeitei no assento. Ela ficou tensa ao meu lado.

MJ se posicionou em um canto da sala, com as mãos para trás.

— Até agora não temos evidências de que Sonia Holtwood não é sua mãe biológica, Lauren. Mas, se ela de fato te sequestrou quando você tinha três anos, certamente isso seria motivo para ela querer fazer você desaparecer para sempre agora. Conseguimos o seu arquivo na Agência de Adoção Marchfield, aquele que não estava lá quando vocês invadiram o prédio. Estamos verificando todos os detalhes, mas isso vai levar algum tempo. E os Purditt naturalmente estão aflitos para saber se você é ou não a filha deles.

Olhei para as mãos de minha mãe na cadeira ao lado. Ela as apertava com tanta força que os nós dos dedos estavam brancos.

MJ limpou a garganta.

— Mas uma coisa pode acelerar as coisas e dizer se você é ou não filha deles, em poucas horas. — Ela fez uma pausa. — Um exame de DNA.

23
Medos noturnos

O exame de DNA levou menos de um minuto. A mesma enfermeira que verificou como eu estava quando chegamos à delegacia colocou um cotonete em minha boca e o esfregou na parte interna da bochecha. Disse que o resultado sairia bem cedo no dia seguinte.

Eu não conseguia acreditar que tanta coisa dependia de algo tão rápido e simples.

O FBI deixou meus pais me levarem de volta ao Hotel Evanport. Eu sabia que Jam e a mãe dele também estavam lá. Pedi o tempo todo para ver Jam, mas minha mãe me fez ficar no quarto dela e do meu pai. Depois de algum tempo, Rory e tia Bea apareceram. Tia Bea é irmã do meu pai. Ela veio da Inglaterra para ajudar a cuidar de Rory quando me deram por desaparecida. Eu me dava superbem com ela. Mas agora ela ficava me olhando como se eu fosse uma criatura nojenta.

A tensão no quarto era horrível. Minha mãe fingia que não tínhamos enfrentado aquela conversa, que eu não sabia que ela tentara se matar anos atrás. Andava de um lado para o outro, dobrava roupas que já estavam dobradas, limpava superfícies que já haviam sido limpas pela camareira e conversava sobre amenidades.

Rory resmungava e era agressivo. Não era nenhuma surpresa. Afinal, ele tinha perdido toda a viagem e não pôde ir ao brinquedo do *Legends of the Lost Empire*, no parque de diversões. Tentei dizer que sentia muito por ter atrapalhado suas férias, mas ele tampou os ouvidos e fingiu que não estava me escutando.

Meu pai ficou de mau humor, com as costas curvadas, como se fosse um urso.

Tudo o que eu queria era ver Jam.

Por fim, tia Bea e meu pai levaram Rory para tomar sorvete, me deixando sozinha com a mamãe. Alguns minutos depois, ela foi ao banheiro. Assim que fechou a porta, peguei o telefone ao lado da cama e pedi à recepcionista para me colocar em contato com Jam Caldwell.

— A senha, por favor? — pediu a recepcionista.

— Senha? — perguntei, franzindo a testa.

Ela estalou a língua.

— Sim, senhora. Sinto muito, mas não estou autorizada a passar a ligação ou a dizer o número do quarto sem que me diga sua senha.

Olhei para o telefone, mas, antes que eu pudesse dizer alguma coisa, minha mãe estendeu a mão por sobre meu ombro e apertou o botão para desligar.

Eu me virei.

— O que é isso, mãe?

— Não queremos que você o veja.

— O quê...? — Completamente desnorteada, eu a encarei. — Por quê? Ele é meu melhor amigo. Nada disso é culpa dele.

— Ele te incentivou a fugir.

Aquilo era tão injusto que imediatamente perdi o controle.

— Ele veio comigo para me ajudar. Na verdade, ele tentou me fazer desistir de procurar Sonia Holtwood.

— Não é só isso — disse minha mãe, e suas maçãs do rosto, com aqueles ossos salientes, ficaram rosadas. — Você passou muitas noites sozinha com ele. Precisamos conversar sobre... sobre as implicações disso.

— O quê?

Ela não podia estar falando sério.

Mas estava.

Tínhamos chegado a esse ponto. Eu tinha viajado por três estados, sido sequestrada e poderia ter morrido em uma floresta gelada. Descobri que fui roubada e vendida aos três anos de idade. Mas minha mãe só estava interessada no que tinha acontecido entre mim e Jam.

Era tão ridículo que cheguei a dar risada.

— Pela milionésima vez, ele não é meu namorado.

Minha mãe apertou os lábios. Estava claro que não acreditava em mim.

— Mas, mãe, ele é meu amigo — continuei, invadida pelo medo que se espalhava em meu corpo enquanto eu processava o que ela tinha acabado de dizer. Eu não conseguiria sobreviver sem o Jam. Não mesmo. Minha voz ficou mais aguda por causa do pânico. — Vocês não podem me impedir de ver meu amigo.

— Não só podemos como vamos fazer isso — ela esbravejou.

E assim seria. Pelo menos para ela.

* * *

Depois que Rory e eu fomos levados para o nosso quarto, passei o resto do dia vagando tristemente pelo hotel. Esperava esbarrar em Jam ou Carla, o que não aconteceu. Quando escureceu, subi e fiquei olhando pela janela, para as luzes acesas na marina.

Minha mãe pediu comida para Rory e eu comermos no quarto; depois, ela e meu pai desceram ao restaurante do hotel. Nem perguntaram se eu queria ir junto.

Ela apenas disse:

— Amanhã vai ser um grande dia. Seu pai e eu precisamos conversar.

Fiquei remexendo a comida, tentando ignorar os infinitos desenhos animados que passavam na TV. Os pensamentos giravam a mil em minha mente — toda aquela coisa de meu pais estarem desesperados para ter um filho, se Sonia Holtwood já tinha sido pega e, é claro, o que significaria realmente ser Martha Lauren Purditt.

Antes, eu só havia pensado nisso como uma espécie de fantasia. Uma vida alternativa que podia se adequar ao meu humor. Agora, porém, eu tinha encontrado os Purditt e estava dolorosamente ciente de que existia toda uma família "de verdade" por trás da minha fantasia. Uma família que eu não sabia se queria encarar.

Tentei me distrair brincando de adivinhação com Rory, mas ele perdeu o interesse depois de uma rodada e voltou a ver desenhos.

Minha mãe chegou por volta das dez da noite, teve um chilique quando viu que Rory ainda estava com a TV ligada, limpou o ketchup no rosto dele e saiu outra vez.

Eu fingi que estava dormindo.

Conforme a noite avançava, meus pensamentos ficavam mais confusos, mais insistentes. Quando eu conseguia me livrar de um, outro surgia dentro da minha cabeça. Eu me peguei imaginando de que forma minha mãe tinha tentado se matar. Então foi a vez de Sonia Holtwood — eu a imaginei esperando do lado de fora do quarto de hotel. No fim, tive de me levantar e sair no corredor para provar para mim mesma que aquela mulher não estava lá.

Cai na real, Lauren.

Quando deitei outra vez na cama, vi minha mala abandonada em um canto. Minha mãe a trouxera consigo, do aeroporto de Boston. Fui tomada pela culpa quando lembrei como ela e meu pai pareciam abatidos quando os vi mais cedo.

Estremeci. E se minha mãe tivesse ficado tão desesperada sem saber o que estava acontecendo a ponto de tentar se matar outra vez?

Virei e afundei a cabeça no travesseiro. Onde Jam estaria? Eu sentia tanto a falta dele. Ele era a única pessoa que eu conhecia que me permitia ser eu mesma. E o que ele tinha dito mesmo? Que eu era a pessoa mais egoísta que ele já tinha conhecido?

Talvez eu fosse. Talvez fosse verdade.

Passei algum tempo dormindo, então acordei quando o dia começava a clarear. Deitei de costas, ouvindo Rory roncar como um porquinho na cama ao lado.

Tentei não pensar no que significava ser a filha dos Purditt. Eles iriam querer me ver outra vez, e tudo bem. Afinal, eu também estava curiosa para saber mais a respeito deles. Mas não seria fácil.

E se quisessem me chamar de Martha?

E se quisessem que eu os chamasse de mãe e pai?

Alguém bateu levemente à porta. Sentei e corri o olhar pelo quarto. Mais uma batida, dessa vez um pouco mais alta.

Saí da cama e andei pelo grosso carpete do hotel. Rory continuava respirando profunda e regularmente. Fiquei parada na porta, ouvindo. Meu coração se acelerou. Eu tinha imaginado aquilo?

— Lauren — uma voz sussurrou. — Sou eu.

24
DNA

Jam.

Abri a porta. Ele estava usando uma camiseta verde e calça jeans. Seus olhos pareciam quase dourados sob a fraca luz do corredor. Senti uma estranha pontada no estômago. Seu rosto era tão lindo... Como eu não tinha notado isso antes? A curvatura de seu nariz, o desenho das sobrancelhas, a suavidade dos lábios.

— Não estão me deixando te ver. — Jam olhou furtivamente pelo corredor. — Tive que contar uma história superdramática na recepção para me passarem o número do seu quarto.

— Nossa! — falei.

Pude sentir meu rosto corando. Pelo amor de Deus, esse cara era o Jam. Meu melhor amigo. Mas, de repente, eu não tinha ideia do que dizer a ele.

Jam pareceu não notar como eu estava me sentindo esquisita. Ele franzia a testa para a porta, como se tentasse chegar a uma conclusão sobre alguma coisa.

— Lauren — ele falou. Sua voz era tão grave e rouca que fez meu corpo estremecer. — Lembra quando eu disse que queria te perguntar uma coisa?

Dei um passo na direção dele. Fiquei tão perto que pude ver cada cílio em volta de seus olhos. Meu coração bateu rápido. Ele ergueu o olhar. E então eu vi. Vi o que ele queria me perguntar, o que todo mundo estava vendo há meses.

— Sim?

Minha respiração ficou presa na garganta.

Jam olhava para mim. Chegou mais perto.

Fechei os olhos e seus lábios tocaram os meus. Eram quentes e suaves. Senti um frio na barriga — sim, eu sei que dizer isso é clichê —, mas meus joelhos amoleceram, praticamente incapazes de sustentar meu corpo.

Eu me afastei e abri os olhos.

Jam sorriu para mim, e eu me derreti como uma vela.

— Credo. Vocês estão se beijando?

Dei um salto.

Rory estava parado a menos de um metro, fazendo uma careta de nojo.

Vozes ecoaram ao longe. Em seguida, passos. Cada vez mais altos, vindo em nossa direção.

Em questão de segundos, o corredor estava cheio de gente. Jam continuava sorrindo lindamente para mim, como se nem tivesse notado que havia alguém ali.

— Lauren, que bom que já acordou. — MJ Johnson se aproximou, me forçando a parar de olhar para Jam. — Entre no quarto, por favor.

Sua voz transbordava tensão e urgência. Olhei para os outros policiais atrás dela. Estavam armados.

— O que está acontecendo? — perguntei.

MJ me ignorou e tentou afastar Jam da porta.

— Volte para o seu quarto, amigo.

Por um instante, pensei que ela tivesse visto nosso beijo, mas imediatamente me dei conta de que isso dificilmente explicaria os outros policiais e as armas.

— O que está acontecendo? — perguntei novamente.

Jam continuou parado no corredor.

— Mexa-se — MJ latiu para ele.

— Eu vou ficar com a Lauren.

Os outros policiais bateram na porta do quarto dos meus pais.

— Ah, meu Deus. Está bem, então. Entrem. Agora — ordenou MJ.

Ela forçou nós três para dentro do quarto e fechou a porta. Olhei para o relógio ao lado da cama. Seis e meia da manhã. Por que estavam acordando meus pais tão cedo?

— Oi, Rory — cumprimentou MJ. — Quer ver TV no quarto ao lado?

Ele assentiu prontamente. Minha mãe sempre foi muito severa com relação a ver TV de manhã. MJ falou discretamente com um policial, que levou Rory para fora do quarto. Em seguida, veio até onde eu estava, na lateral da cama, e puxou uma folha de papel.

— O resultado do seu exame de DNA — anunciou.

Eu sabia antes de ela dizer.

— De acordo com o teste, as chances de você ser filha biológica de Annie e Sam Purditt são de mais de 99,9%.

Em outras palavras, não restava dúvida.

Depois de todo esse tempo e esforço para descobrir minhas origens, pensei que ficaria animada. Ou com medo. Ou, no mínimo, aliviada.

Mas eu não senti nada.

Jam sentou ao meu lado na cama. Puxou minha mão, que estava no colo, e entrelaçou os dedos aos meus.

Alguém bateu fortemente à porta. Um agente do FBI colocou a cabeça para dentro e assentiu para MJ.

— Alvos pegos — anunciou.

— Que alvos? — perguntei.

MJ suspirou.

— Isso é muito difícil para você, Lauren, eu sei, mas o fato de que temos a confirmação de que você é Martha Lauren Purditt significa que agora sabemos que você foi sequestrada aqui, em Evanport, naquele mês de setembro, e adotada dois meses e meio depois, sob um nome falso, da Agência de Adoção Marchfield, em Vermont. O que não sabemos é quantas pessoas estiveram envolvidas no sequestro e na fraude. — Ela fez uma pausa. — É possível que seus pais adotivos saibam o que aconteceu.

— Não. — Eu estava com a boca seca. — Eles não sabiam. Eles acharam que Sonia Holtwood fosse a minha mãe.

— Sinto muito, Lauren — disse MJ. — Mas seus pais adotivos foram levados para um interrogatório e, até terminarem nossas investigações, não poderão ter contato com você.

Não. Pensei nos policiais armados.

MJ se agachou à minha frente.

— É apenas uma investigação. Não há nenhuma evidência contra eles, mas precisamos ver os papéis relacionados à adoção. Dados da conta bancária, esse tipo de coisa.

Meu coração saltou. Dados bancários? Quando o FBI descobrisse sobre o dinheiro que meus pais haviam pagado ilegalmente a Sonia, os dois seriam encarados como culpados. Olhei para baixo.

— Quanto tempo a investigação vai levar?

MJ encolheu os ombros.

— Já estamos investigando todos os arquivos da agência de adoção. Vai levar algum tempo até descobrirmos quem exatamente forjou todos os documentos e certificados ligados ao seu nascimento e aos seus primeiros anos de vida. E depois vamos ter que descobrir quem na agência era responsável por verificar informações, como o hospital onde você nasceu etc. Além do mais, vamos checar se receberam dinheiro para adulterar as informações.

— Mas isso não tem nada a ver com os meus pais — protestei.

Jam colocou o braço sobre meus ombros.

MJ não disse nada.

— Eu vou ter que ficar aqui com o Rory e a tia Bea?

— Acho que sua tia está planejando levar Rory de volta para a Inglaterra dentro de alguns dias — explicou MJ.

Franzi a testa.

— Mas... e quanto a mim? — Olhei para Jam. — Posso ficar aqui com... com a Carla?

MJ negou com a cabeça.

— A sra. Caldwell também vai levar o Jam para a Inglaterra. Já temos a homologação dele. E, até encontrarmos Sonia Holtwood, não há mais nada que ele possa fazer aqui.

Olhei para Jam, sentindo meu coração acelerar.

— Vou conversar com a minha mãe e ver se consigo convencê-la a me deixar ficar — ele falou, sem qualquer convicção na voz.

Virei outra vez para MJ.

— Então, o que vai acontecer comigo?

— Bem, vai haver um procedimento *exparte* dentro de vinte e quatro horas. Então vamos obter uma decisão temporária relacionada à sua custódia. E, daqui a um mês, haverá uma audiência e sairá a decisão final dizendo onde você vai morar definitivamente.

Definitivamente.

A palavra girou na minha cabeça.

— Não estou entendendo.

— Sinto muito, Lauren. É uma questão complicada. — MJ ficou em silêncio por um instante. — Escute, embora a gente saiba que você é filha dos Purditt, sua adoção na Inglaterra precisa ser legalmente provada como inválida. Daqui a mais ou menos um mês, vai acontecer uma audiência justamente para isso. Nessa audiência, o juiz vai invalidar a adoção ilegal e decidir onde você deve morar e quem deve ficar com a sua custódia. Em definitivo. Enquanto isso, o processo normal para qualquer menor cuja paternidade esteja em disputa é ser levado pelo Serviço Social a algum abrigo ou família temporária. Depois...

— Abrigo? Família temporária? — arfei. — Você está me dizendo que eu vou morar com desconhecidos?

MJ deu tapinhas em meu joelho.

— São boas pessoas, Lauren. Todas reconhecidas pelo governo e...

— Mas eu não quero ficar com pessoas que eu não conheço.

— Escute. Você não me deixou terminar. Eu disse que normalmente o governo encontra pessoas para cuidar de você. Mas não estamos diante de uma situação normal. Os Purditt conhecem o resultado do exame de DNA, e acredito que vão procurar um juiz para aprovar que você fique com eles.

— O que isso significa?

Eu me aproximei de Jam, sem conseguir acreditar no que estava acontecendo.

— O mais provável é que os Purditt consigam a aprovação para ficar com você temporariamente — disse MJ, sorrindo. — São pessoas abastadas, com boa reputação social. Se conseguirem fazer o Serviço Social acelerar com os registros de antecedentes criminais necessários, as impressões digitais etc., e convencerem o juiz de que você ficaria melhor com eles do que com outras pessoas, você vai poder morar com eles até a ordem permanente ser emitida. E eles poderão disputar a custódia com seus pais adotivos.

Olhei apaticamente para ela.

Ir morar com os Purditt?

— Veja a situação dessa forma, Lauren — suspirou MJ. — Depois de onze anos, você vai voltar para casa.

25
O colar

Os Purditt fizeram exatamente o que MJ previra. O que significa que, vinte e quatro horas depois, eu descobri que moraria com eles até a audiência para a decisão da minha guarda definitiva, em novembro.

MJ me forçou a procurar uma psicóloga no dia seguinte. Disse que eu deveria conversar com alguém que me ajudasse na adaptação à nova realidade em que eu me encontrava.

Para ser sincera, conversar sobre tudo só me fez sentir pior. A psicóloga era uma velha ridícula, que assentia com compaixão o tempo todo para mim e dizia:

— Humm, muito complicado.

Até eu ter vontade de gritar para ela: *Que é complicado eu já sei. Mas o que posso fazer para melhorar a situação?*

Eu tinha certeza de que parte dela pensava: *Qual é o problema? Você queria descobrir quem era, não é? Bem, agora você sabe... Você é Martha Lauren Purditt. Viva com isso.*

Era muito difícil explicar como eu me sentia. Além do mais, eu já teria que explicar tudo a um juiz.

— Eu prefiro morar com os Purditt a viver com uma família temporária que não tem nada a ver comigo — foi o que eu disse.

Mas, em meu coração, meus sentimentos eram totalmente confusos. É claro que eu queria passar um tempo com os Purditt, mas não queria morar com eles. Eu não os *conhecia*. Pensar em me mudar para a casa deles era aterrorizante.

E eu sentia falta dos meus pais.

Eu só tinha uma esperança: que a psicóloga conseguisse convencer Carla e os Purditt a deixarem Jam ficar comigo. Se ele estivesse lá, talvez tudo ficasse mais fácil.

Almocei com uma tia Bea totalmente distraída e com um Rory estranhamente calmo, então esperei ansiosamente o retorno da psicóloga para nossa segunda sessão. Assim que ela chegou, percebi que a notícia não seria nada boa.

— Todos entendemos o que você está dizendo, Lauren. E o sr. e a sra. Purditt também compreendem. — A psicóloga fez uma pausa, franzindo a testa em tom de comando. — Mas todos sentem que você já tem coisas demais às quais se adaptar sem o seu namorado, e que viver com ele tornaria tudo ainda mais complicado.

— Ele não é meu namorado — murmurei.

Não consegui olhá-la nos olhos enquanto dizia isso. Quer dizer, ainda é verdade, eu acho. Não sou tão ingênua a ponto de pensar que um beijo me faz namorada de alguém.

— A única opção seria a mãe de Jam ficar mais um tempo aqui. Assim vocês dois pelo menos poderiam manter contato.

**

Eu tinha visto Carla apenas uma vez desde que estivemos no hotel. Jam contou que ela passara a maior parte do tempo explorando as lojas de antiguidade e artesanato de Evanport. No fim, eu a encontrei olhando algumas joias na loja de lembranças do hotel.

— Meu amorzinho — Carla sorriu enquanto eu passava. Deslizou a mão cheia de anéis sobre um mostruário de colares de madeira e pegou um deles, pintado de vermelho, dourado e marrom, as cores das folhas no outono. — Veja isso. Aposto que foram os índios americanos que fizeram.

Eu não sabia o que dizer.

— Então — ela continuou, arqueando as sobrancelhas. — Eu não queria dizer na frente dos seus pais, mas a nossa sessãozinha ajudou, não ajudou?

Pisquei, sem entender nada.

— Você sabe — ela prosseguiu. — A sessão de hipnose. Eu sabia que você tinha sentido algo especial, embora tivesse dito o contrário. Foi o que trouxe você aqui, não foi? — Ela se aproximou um pouco. — Você poderia ter me contado. Eu teria conversado com a sra. Preocupação e evitado que todos nós nos metêssemos nessa encrenca dos diabos.

Eu me perguntei o que ela achava que poderia ter dito a respeito da minha procura por meus pais biológicos para que minha mãe lhe desse ouvidos.

Carla conferiu o peso do colar na mão.

— Quase sinto a energia da terra pulsando nessas miçangas. Adoro este país. É tão grande, tão moderno e, ainda assim, tem tanta *natureza*...

— Carla? — Limpei a garganta. — Você não gostaria de passar mais um tempo aqui?

— É claro, meu amor. Eu... — Ela não concluiu a fala. Devolveu o colar e suspirou. — Não há nada que eu queira mais, você sabe disso. Mas tenho que voltar para cuidar das meninas. E atender meus clientes. E o Jam precisa voltar para a escola. Afinal, ele não é exatamente o melhor aluno da classe. De qualquer forma, saiba que os garotos são assim mesmo: preguiçosos, calados, e só pensam numa coisa...

Corei.

— O Jam não é assim.

Carla arqueou uma sobrancelha enquanto deslizava os dedos por um broche com formato de estrela.

— Minha mãe sempre diz que é mais fácil lidar com os garotos — comentei.

Ela bufou.

— Meu amor, eu adoro o Jam, mas os homens são, basicamente, criaturas de outro planeta. Tenho certeza que fui um rei europeu em outra encarnação, e você não acreditaria no...

Enquanto Carla tagarelava sobre suas experiências extrassensoriais, apoiei a cabeça na vitrine da loja. Eu não conseguia imaginar um futuro sem meus pais e sem Jam. Eu achei que, uma vez que eu soubesse que era Martha Lauren Purditt, tudo faria sentido. Achei que encontrar minha mãe verdadeira preencheria todos os meus vazios.

Mas Martha Lauren era só o nome de uma garota desaparecida. E Annie Purditt não era a mulher bonita das minhas memórias. Eu estava mais sozinha do que nunca.

* * *

Eu já tinha feito as malas e estava pronta para ir embora quando MJ chegou para me pegar, às duas e meia da tarde seguinte.

Tinha me despedido de Rory naquela manhã com uma dor maior do que eu pensava ser possível. Eu me perguntava se voltaria a vê-lo. Tia Bea queria voltar correndo para a Inglaterra para começar a fazer contato com os advogados dos meus pais e providenciar todos os documentos no banco.

Tentei não pensar demais nos meus pais. Jam foi extremamente prático, é claro.

— A polícia federal não pode prender os seus pais sem provas. Eles não são terroristas nem nada do tipo. Vão ser soltos daqui a um ou dois dias. E, assim que você explicar para os Purditt que não quer ficar com eles, ninguém vai te forçar. Eles não podem fazer isso.

Pensei no dinheiro que meus pais haviam entregado a Sonia Holtwood. E o desespero no rosto de Annie Purditt ao me ver. Meu coração afundou. Mesmo assim, eu não disse mais nada. Não queria estragar as últimas horas que tínhamos juntos.

Jam entrou discretamente no meu quarto assim que tia Bea e Rory saíram. Primeiro, foi um pouco esquisito. Eu não estava acostumada a me sentir tão constrangida perto dele — preocupada com minha aparência ou com o que ele realmente pensava de mim. Mas ele foi incrível. Disse que gostava de mim havia meses. Não era estranho que eu não tivesse percebido? Bem, ele foi doce e divertido e... Ah. Só posso dizer que demorei muito para arrumar a mala.

E então MJ bateu à porta.

— Chegou a hora de ir. — Ela avaliou nosso rosto. — Vocês têm só mais dois minutos.

Então saiu do quarto e fechou a porta.

Era isso. Jam só entraria no voo para casa na noite seguinte. No entanto, todos deixaram claro que eu não voltaria a vê-lo antes de ele partir.

Eu estaria ocupada demais me relacionando com minha nova família.

Com o coração na boca, olhei para ele.

— Não vá embora.

Jam lançou aquele seu sorriso aberto e lindo para mim.

— Eu vou voltar.

Não, não vai. Não, você não vai voltar. Ah, meu Deus, você vai me esquecer assim que a primeira garota aparecer na sua frente... E não vai demorar mais do que cinco minutos para isso acontecer, afinal já vi muitas vezes as meninas dando em cima de você, e não suporto isso... Você precisa me esperar, por favor, por favor, por favor.

MJ bateu outra vez à porta.

— Vamos, pessoal.

Não havia mais tempo. Jam colocou alguma coisa na minha mão, apertou meus dedos e saiu.

MJ pegou minha mala.

— Está pronta? — perguntou.

Assenti, cambaleando cegamente atrás dela até o elevador do hotel. Apalpei o que Jam havia me dado, algo pequeno e suave contra meus dedos.

Esperei até sairmos do elevador e MJ começar a arrumar as coisas no carro em frente ao hotel. Então abri a mão. Ali, na minha palma, havia um pedaço oval de madeira esculpida, com um buraco no meio. Como as peças que eu tinha visto no chalé de Glane, só que muito menor e mais simples.

Ele fez isso para mim.

Pedi um cordão para a recepcionista, passei pelo pingente de madeira e prendi em volta do pescoço. Depois, segui MJ até o carro.

Enquanto ela fechava a porta, tive a impressão de que aquela mulher me trancafiava em uma prisão.

26
A fita

O caminho até a casa dos Purditt pareceu passar num segundo. Sentei no banco traseiro do carro, com as mãos unidas e apertadas.

Quando vi a fita amarela em volta da árvore, no jardim em frente à casa da família, meu coração, que já havia se derretido, se desmanchou.

— Não vai ter nenhuma festa nem nada do tipo, vai? — perguntei a MJ.

Ela lançou um olhar confuso em minha direção.

— Essa fita está aí desde que você desapareceu, há onze anos — explicou. — Você não notou antes?

Eu não tinha notado. Enquanto passávamos pelo caminho, percebi que MJ estava certa. De perto, a fita estava desbotada e manchada.

— É uma tradição — continuou. — Para quando as pessoas estão longe de casa.

Enquanto ela tocava a campainha, meu coração saltou no peito. A casa estava em silêncio, mas eu tinha medo de todas as pessoas que teria de conhecer.

Annie Purditt abriu a porta assim que MJ soltou a campainha. E se afastou para me deixar entrar.

Minhas pernas tremiam enquanto eu entrava. Tive a mesma impressão da outra vez. Muito espaço, muita claridade e muitos móveis de madeira polidos. Dessa vez, notei uma piscina no quintal dos fundos.

Fiquei parada desajeitadamente, querendo saber onde estavam todos os outros.

O homem que havia falado comigo quando eu estive ali antes estava em pé, atrás de um dos sofás floridos. Pude sentir seus olhos voltados para mim. Eu sabia que seu nome era Sam Purditt.

Meu pai. E, ainda assim, não exatamente meu pai.

Olhei para o chão, desejando estar em outro lugar.

MJ se despediu. Eu tentava, com todas as minhas forças, não chorar e dizer alguma coisa. Annie Purditt mostrou a saída a MJ, depois voltou e estendeu a mão para pegar minha mala. Eu a entreguei com relutância. Ainda não havia dito nada.

— Venha se sentar. Nós estamos sozinhos. Achamos que assim seria mais fácil para você. — Ela colocou minha mala perto da escada e me levou até os sofás. Tive a forte sensação de que ela estava morrendo de vontade de se atirar em cima de mim e me dar um abraço demorado, mas tentava se controlar, mesmo que fosse difícil para ela.

Sentei no canto do sofá, o mais longe possível.

Olhei para baixo. Meu pingente de madeira continuava dependurado no cordão. A imagem fez um nó brotar em minha garganta e precisei afundar os dedos na palma das mãos para não gritar.

— Lauren?

Ergui o olhar. Annie estava sentada no sofá à minha frente. Sam permanecia em pé atrás da esposa, acariciando o ombro dela. Os dois estavam de mãos dadas.

Eles não poderiam ser mais diferentes da minha mãe e do meu pai. Apesar das linhas no rosto de Annie, ela era claramente muito mais nova do que a minha mãe. E muito bem-arrumada. Os cabelos estavam cuidadosamente ajeitados e a maquiagem era impecável, com um batom rosa. Sam parecia ainda mais jovem. Era alto, tinha corpo atlético, cabelos castanho-escuros caindo sobre a testa.

— A psicóloga contou que você prefere ser chamada de Lauren — falou Annie.

É claro que prefiro, esse é o meu nome.

— Por nós, tudo bem — Sam apressou-se em acrescentar.

— Lauren era o nome da minha mãe — continuou Annie. — Por isso é o seu nome do meio. Fico muito contente por você se lembrar dele. Pelo menos acho que lembrou, ou então... — Ela desviou o olhar. — Minha mãe não era muito mais velha do que você quando eu nasci. Dezoito anos. Ela se chamava Lauren por causa da famosa atriz Lauren Bacall. Também é o meu nome do meio.

— Annie. — Sam deu tapinhas leves no ombro da esposa.

— Sim, sinto muito. Eu só... — Uma lágrima escorreu pelo seu rosto.

Olhei para baixo. Aquela mulher era minha mãe. Eu teria que viver com ela. E, ainda assim, era uma completa estranha.

— Isso é muito, muito difícil para todos nós, Lauren. Mas... mas... Sam e eu queremos que você saiba que nós te amamos muito, muito mesmo.

Vocês nem me conhecem.

De repente, senti uma saudade insuportável da minha mãe e do meu pai.

Ah, meu Deus, e se eles ficarem presos e eu nunca mais voltar a vê-los?

Meu estômago revirou.

— Nós nunca deixamos de esperar, procurar e rezar para você voltar para casa. Ah... Ah, o que aconteceu?

Não consegui mais segurar as lágrimas. Ao ouvir a palavra "casa", todo o meu corpo estremeceu em desespero. Eu me inclinei para a frente, escondendo o rosto, e desabei num pranto silencioso.

E de repente os dois estavam ali, também entregues às lágrimas. Annie aos meus joelhos, agarrada a mim.

— Minha filha, minha filha.

A mão de Sam acariciava meus cabelos.

Era horrível.

Eu queria gritar e berrar para eles irem embora, para me deixarem ir para casa. Mas de que adiantaria? Meus pais não tinham permissão para me ver. Eu não tinha mais casa.

Eu me forcei a parar de chorar. Então me ajeitei no sofá, me afastei deles e sequei os olhos.

Meu pais só estão passando por um interrogatório. Logo eles vão ser liberados e poderão lutar pela minha guarda. Os Purditt não vão me obrigar a ficar aqui. Se realmente me amarem, vão me deixar ir embora.

Coloquei o colar dentro da blusa. Então repeti infinitas vezes em minha cabeça: *As coisas vão melhorar.*

* * *

Naquele momento eu não sabia, mas as coisas estavam prestes a ficar muito piores.

27
Vc ainda tá com sdd?

Mais ou menos uma hora depois que cheguei, as outras filhas de Annie e Sam apareceram.

Eu me lembrava das duas daquele outro dia — Shelby, a dos cabelos tingidos de loiro, que havia tentado me fazer ir embora, e a pequena Madison, que me olhara de cima do sofá, com seus olhos grandes e arregalados como os de um pequeno morcego.

— Tem certeza que está tudo bem? — perguntou Shelby, na porta de entrada.

— É claro, meu amor. — Annie se levantou. — Entre para conhecer melhor sua irmã.

Hesitante, Shelby entrou na sala de estar. Seus cabelos estavam frouxamente presos em um rabo de cavalo e ela usava uma quantidade impressionante de maquiagem. Pelo que Annie havia me contado, Shelby tinha treze anos, portanto era um ano mais nova do que eu. Minha mãe jamais me deixaria usar tanto lápis de olho, mesmo hoje em dia.

— Oi, Martha — ela cumprimentou, com o rosto vermelho. — Ah, desculpa. Acho que devo te chamar de Lauren.

— Oi — falei rapidamente e, em seguida, sentindo que talvez eu devesse ser um pouco mais generosa, acrescentei: — Tenho certeza que logo você vai se acostumar com isso.

Os lábios de Shelby tremeram.

— Tudo bem, meus amores. — Annie deu um enorme abraço nela antes de se virar para mim. — Shelby só está um pouco emocionada.

Ela só tinha dois anos quando você desapareceu, então tudo isso é um pouco estranho para ela.

Estranho para *ela*?

Shelby me encarou com seus olhos pequenos e acinzentados.

— Eu sempre quis conhecer minha irmã mais velha — anunciou com uma voz apática, deixando muito claro para mim que ela jamais quisera isso.

— Ah, Shelbs, que meigo! — Annie a abraçou outra vez.

Ouvi um barulho atrás do meu assento e olhei em volta. Dei um salto. Madison estava parada no braço do sofá, perto de mim.

— Madi, não assuste as pessoas desse jeito. — Annie suspirou. — Vou preparar um chá para nós. Venham comigo quando estiverem prontas.

Shelby seguiu a mãe até a cozinha, e eu sorri para Madison.

— Oi.

Ela me encarou.

— Então, quantos anos você tem? — perguntei, embora Annie já tivesse me contado.

— Seis — Madison respondeu, sem desviar o olhar de mim. — Você é mesmo minha irmã?

Assenti.

— Eu imaginei que você fosse uma princesa — ela acrescentou.

— Ah. Bem... Hum... Eu não sou. Desculpa, acho que sou apenas uma menina comum.

Ela se inclinou para a frente e sussurrou em meu ouvido. Seu hálito tinha cheiro de geleia de morango.

— Mesmo assim, podemos fingir que você é.

Ofereci um sorriso e lhe perguntei:

— Você gosta de brincar de fingir?

Madison assentiu solenemente, dizendo:

— Quando eu crescer, vou ser atriz.

— Sério? Você gosta de se vestir como personagens e coisas assim? — indaguei, lembrando que, quando pequena, eu gostava de colocar as roupas da minha mãe.

— Um pouco. — Madison inclinou o rosto para um lado. — Mas o que eu gosto mesmo é de fingir. Sabe, imaginar que sou outras pessoas.

— O chá está pronto — chamou Annie.

Madison saiu da sala. Eu a segui, observando seus cabelos compridos e negros voando de um lado para o outro nas costas.

— Espero que tenha conversado direitinho com a Lauren — Annie falou enquanto Madison se sentava à mesa. Depois se virou para mim: — Ela é uma um pouco tímida.

— Ela é um terror, isso sim — lançou Shelby, de forma nada discreta.

Annie fingiu não ouvir o comentário.

— Na verdade, a Madison foi incrível — falei em voz alta. — Ela me contou... muitas coisas.

Madison corou. Tentei oferecer um sorriso para garantir que não falaria nada na frente de Shelby sobre suas ambições de ser atriz. Mesmo assim, ela desviou o olhar.

Annie colocou um bule de leite sobre a mesa. Enquanto ela estendia a mão na direção da minha cadeira, percebi a pele que saltava para fora, pela cintura da saia.

Ótimo. Que sorte a minha. Além de tudo, genes de gordos.

***

Pelo menos eu saí de casa naquela tarde. Perguntei se poderia usar o telefone mais tarde.

— É claro! — respondeu Annie. — Não precisa pedir.

— Ei, o que acha de dar uma volta no shopping? — ofereceu Sam. — Você pode aproveitar para escolher um celular.

Então Sam, Madison e eu fomos, na van de sete lugares da família.

Na verdade, não tenho queixas quanto a Sam. Ele era superdócil com a Madison — gentil e até fazia brincadeiras. Mas não é do tipo que fala muito. Acho que ele é o que Carla chamaria de "intuitivo" — entende as coisas sem que você as diga.

Por exemplo, nós dois sabíamos que um celular novo demoraria algumas horas para carregar. Mas ele havia se dado conta de que eu estava morrendo de vontade de fazer um telefonema, então, sem que eu pedisse, ofereceu seu celular emprestado. *E* foi andar com Madison e ver roupas enquanto eu fazia a ligação. Tipo, minha mãe teria ficado em cima, querendo saber com quem eu estava falando. E meu pai simplesmente não teria entendido qualquer indireta. Certamente jamais passaria dez minutos olhando camisas e blusas de frio só para me dar um pouco de privacidade.

Para quem eu liguei? Jam, é claro. Ele continuava no hotel.

— Estou com saudade — ele disse.

Aquilo me fez sentir melhor, me fez sentir um calor e uma luz dentro de mim.

Até Carla o chamar.

Aí fiquei sozinha outra vez.

* * *

Escolhi um celular bem bacana, prateado com detalhes em rosa. Sam disse que eu poderia levar o que preferisse, então escolhi um modelo caro, com funções de vídeo e câmera. Não estava sendo ambiciosa. Esse celular permitiria que Jam me enviasse fotos e vídeos dele — se ele conseguisse pegar o telefone de alguém emprestado para enviar.

Depois, nós três fomos até o porto. Estava frio, mas era um frio agradável, um dia de céu azul. Essa região de Evanport é realmente bonita. Tem uma grande área para as pessoas andarem, com muitos cafés e uma longa marina cheia de barcos.

Sentamos e bebemos refrigerantes enquanto olhávamos o mar. Madison passou o tempo todo brincando. De vez em quando apontava aqueles olhos grandes para mim. Depois, Sam me mostrou seu barco, o *Josephine May*, que brilhava muito contra a luz do sol, flutuando sobre a água como uma criança impaciente. E Madison correu de um lado para o outro me contando os nomes das diferentes partes da embarcação.

— É claro que não tenho tanto tempo quanto gostaria para velejar — ele explicou. — E Annie e Shelby já não se interessam tanto por isso. Mas Madi ainda adora vir aqui. Talvez a gente te leve para navegar um dia desses.

E olhou com expectativa para mim.

— Claro — respondi.

O sol já estava quase se pondo quando fizemos o curto caminho de volta para casa. Sam segurou a mão de Madison enquanto eles entravam. Isso e a escuridão tornaram tudo pior. Eu me sentia tão péssima que nem percebi que o carro de MJ estava estacionado ali fora.

Assim que entramos, vi em seu rosto que ela não trazia boas notícias. Ela me acompanhou até o hall enquanto Annie fazia várias coisas ao mesmo tempo na cozinha, lançando olhares ansiosos em nossa direção.

— Taylor Tarsen admitiu que sabe tudo sobre o sequestro — anunciou MJ.

Franzi a testa.

— Mas isso é bom, não é? — arrisquei. — Quer dizer, se ele admitiu que me sequestrou, então isso prova que meus pais são inocentes.

— Não é tão simples assim — ela explicou. — Tarsen assinou uma declaração dizendo que seus pais estavam envolvidos.

Olhei para ela, com o coração aos pulos.

— É mentira dele — gritei. — Meus pais me contaram tudo. Eles achavam que Sonia Holtwood era minha mãe.

— Shh. — MJ se aproximou e acariciou meu braço. — Cá entre nós, eu acredito em você. Seus pais parecem pessoas decentes, e a versão que contaram faz sentido. Mas agora eles admitiram que agiram contra a lei ao transferir dinheiro para Sonia. E vamos ter que passar por todo o processo.

Conversamos um pouco mais. MJ prometeu que diria ao advogado dos meus pais para me ligar mais tarde. Depois foi embora.

Sentei no sofá. O celular de Sam estava na mesinha perto da porta. Peguei o aparelho e enviei uma mensagem para Jam. Não me atrevi a telefonar e falar com ele, pois alguém da casa poderia aparecer.

De qualquer forma, o que eu realmente queria era um abraço. Lembrando o que ele tinha dito mais cedo, escrevi:

> Vc ainda tá com sdd?

Ele respondeu imediatamente

> Com mais

Deletei as duas mensagens e coloquei o telefone de volta onde estava. É estranho como uma coisa pode ajudar você a seguir em frente e, ao mesmo tempo, partir seu coração.

28
O quarto de Martha

Mais tarde, naquela noite, conversei com o advogado dos meus pais.

Eu mal conseguia entender o que ele dizia. Meus pais tinham sido acusados de uma coisa que parecia realmente horrível, algo como participação no sequestro de um menor. Eles estavam na cadeia, esperando o próximo passo do processo legal.

O dr. Sanchez, o advogado, disse que vinha trabalhando duro por eles, mas que eu precisava me preparar para uma longa batalha.

Desliguei o telefone, confusa até para falar.

— O que foi, Lauren? — Annie perguntou, andando à minha volta, completamente aflita.

Não consegui lhe contar.

— Nada — respondi.

— Certo... Bem... Humm... Preparei um jantar especial — ela falou. — Vou servir daqui a pouquinho.

E saiu entristecida.

Ela não estava brincando quando falou "especial". A mesa estava coberta com uma toalha perfeita, guardanapos perfeitos, e a porcelana branca brilhava em cada canto.

Sentei entre Sam e Madison, esperando que o jantar não fosse formal.

Annie serviu um prato chamado ossobuco. Comemos em silêncio. Eu podia sentir todos me observando. Mantive os olhos no prato.

— Garfo, Madison — Annie instruiu gentilmente.

Olhei para o lado. A menina abaixou a faca e segurou o garfo com a outra mão.

Eu não tinha ideia do que estava acontecendo, mas me senti desconfortável demais para fazer qualquer pergunta. Alguns minutos depois, aconteceu outra vez.

— Por favor, Madison — disseAnnie. — Estamos em um jantar gourmet.

Madison corou e lançou um olhar rápido para mim.

Shelby deu risada.

— Só porque a Mart... quer dizer, a Lauren faz isso, não significa que você pode fazer.

Eu a encarei. Só porque eu fazia o quê?

Annie ficou agitada.

— É só um detalhezinho, Lauren. Só comemos com o garfo. Quer dizer, usamos garfo e faca juntos para cortar o alimento, mas depois pegamos o garfo com a outra mão para comer.

Acho que devo ter ficado boquiaberta.

Quem são essas pessoas?

Shelby deu risada outra vez.

— É porque achamos que enfiar a comida na boca não é de bom tom — lançou direto para mim, olhando para o meu garfo, que estava pressionado contra a faca, perfurando a última porção de vagens cortadas.

— Ah, mas não esperamos que *você* faça isso — Annie se apressou em me dizer. — É só uma coisa americana, e todos sabem que você é diferente... Quer dizer, que é europeia. Quer dizer...

Ela se levantou da mesa e começou a recolher os pratos. Ainda tagarelando, correu até a cozinha e reapareceu alguns segundos depois, trazendo um bolo enorme. Ela o segurou no ar e se aproximou da mesa.

— Fiz esse bolo mais cedo, quando vocês saíram. Não sei, mas senti que você entenderia. Hoje é um dia tão importante...

Sua voz desapareceu no ar enquanto ela colocava o bolo à minha frente. Era alto e ostentava uma cobertura branca. Por cima, em letra cursiva amarela, lia-se: "Bem-vinda à sua casa, Lauren".

— Cobertura legal, mãe — elogiou Madison.

Olhei para o bolo.

Annie continuou tagarelando atrás de mim. Depois empurrou uma faca enorme na minha direção, por sobre a mesa. Senti que todos me olhavam: Sam muito preocupado, Shelby toda convencida, e Madison com aqueles olhões redondos como dois pires.

Como não peguei a faca, Annie estendeu a mão para segurá-la. Por sinal, estava trêmula enquanto cortava irregularmente o bolo.

— Bem, acho que talvez você queira dar uma olhada lá em cima, Lauren. — E colocou uma fatia de bolo em um pratinho à minha frente. — Precisamos decidir em qual quarto você vai dormir.

Afastei o prato.

De forma alguma eu comeria aquele bolo ridículo dela.

Um ar de humilhação brotou nos olhos de Annie, e seu rosto ficou totalmente vermelho.

— Pensamos que você devia escolher. Se quiser, pode dormir com a Shelby. Talvez seja divertido, e vocês duas poderiam se conhecer melhor.

Olhei para Shelby, que me encarava.

Eu preferiria dormir com uma cobra venenosa.

— Ou pode escolher um dos quartos de hóspedes, e nós o arrumaríamos para você, enquanto se acostuma com tudo aqui.

Nunca vou me acostumar com este lugar.

— Ou... — Annie hesitou. — Ou tem o seu antigo quarto.

Olhei para ela. Eu nunca havia me dado conta de que já tinha um quarto nesta casa. Apesar da saudade que sentia da minha antiga vida, imediatamente fui tomada por uma enorme curiosidade.

— Quer ver? — convidou Annie.

Assenti.

— Está bem. — Ansiosa, ela deu um salto, derrubando o copo. A água caiu pelo chão. — Ah, droga, que bagunça.

Sam a acompanhou até a cozinha para pegar um pano.

— Shelby, por que você não mostra primeiro o seu quarto para a Lauren, enquanto limpamos isso aqui? — ele propôs. — Vamos para lá em um minuto.

— Claro, pai. — Shelby virou-se para mim. — Eu vou adorar — sussurrou com sarcasmo.

Eu a segui pelas escadas. Por trás, percebi que, embora tivéssemos a mesma altura, ela tinha pernas muito mais curtas, que saíam da minissaia como grossos troncos de árvore. Também vi raízes castanho-escuras espalhando-se em meio às luzes douradas na parte de trás da cabeça, e isso me fez sentir ligeiramente melhor. Uma irmã vaca era muito ruim, mas uma irmã vaca e encantadora, com cabelos perfeitos e pernas até as sobrancelhas, seria insuportável.

Pela porta, vi uma enorme penteadeira, coberta com produtos de maquiagem e frascos de perfume. Cortinas lilases com babados na janela e algumas bonecas em um canto davam ao quarto um ar ligeiramente infantil, mas todo o resto era mais adulto. As roupas se espalhavam para fora de um closet ao pé da cama.

Shelby fechou a porta na minha cara.

— Você não está autorizada a entrar. Especialmente não no meu closet — declarou. — Não quero te ver tocando em nada que seja meu.

Você fez algum curso para ser maldosa assim, ou já nasceu com esse dom?

— Não se preocupe — falei friamente. — Eu não tocaria nas suas coisas nem se você me pagasse.

Os olhos de Shelby eram como minúsculas pedrinhas.

— Não se *preeocupeeh* — ironizou, imitando meu sotaque. Afastou os cabelos do ombro e olhou para o colar em meu pescoço. — Pelo menos eu *tenho* coisas legais.

Senti o calor subir até a garganta.

— Ninguém quer você aqui, sabia? — resmungou. — Minha mãe e meu pai estão fingindo que é a coisa mais incrível que já aconteceu na vida deles, mas o que realmente querem é aquela criancinha de quem eles se lembram. Não uma adolescente. Ali. — E apontou para uma porta no final do corredor.

O nome "Martha" estava escrito na frente em letras grandes, cada uma decorada com um animal diferente. Olhei para o "M", que tinha um macaco pintado. Senti o formigar de uma memória. Essa era a primeira coisa em toda a casa que parecia familiar. Fui andando até a porta fechada, sentindo meu estômago queimar.

— Bem, por que você não entra? — perguntou Shelby. — É o seu quarto.

Virei a maçaneta. Era um cômodo enorme, tomado por cores vibrantes e primárias. As paredes eram amarelas, e havia um alfabeto pintado no teto.

Avistei um baú de madeira abaixo da janela, coberto com uma pilha de bonecas e ursinhos de pelúcia.

Fui até a cama de solteiro ao lado do baú. Uma coelha azul com olhos de botão estava sobre a colcha. Eu a segurei. Ela usava um vestido de baile de cetim rosa com alças finas. Estava surrada, com uma de suas longas orelhas descosturada. Senti o queimar de outra memória. Eu adorava e abraçava essa coelha quando era criança. Tinha certeza disso.

— Vejo que encontrou a Coelhinha. — Annie estava parada na porta, ao lado de Shelby.

Fiquei impressionada com a semelhança do contorno do lábio superior das duas — cheio, com um V profundo no meio.

Lembrei da forma como minha mãe ria na praia. Por algum motivo, eu não conseguia imaginar Annie rindo.

Ela sussurrou alguma coisa para Shelby, que fechou uma carranca e saiu a passos largos. Annie entrou e fechou a porta. Depois correu os dedos por uma prateleira de livros infantis.

— Deixei tudo como estava quando...

E desviou o olhar.

Fiquei ali, desajeitada, apoiando o peso em uma perna e depois na outra.

— Durante anos, aqui era o único lugar onde eu conseguia me acalmar. O único lugar onde eu conseguia encontrar um pouco de paz — contou. Atravessou o quarto e veio onde eu estava. Seus dedos tremiam quando ela tocou meu braço. — Quer dormir aqui? Podemos arrumar todos os brinquedos depois e decidir o que você quer guardar.

Assenti, depois puxei o braço para longe da mão dela.

Annie ficou ali por alguns segundos, com a mão ainda estendida. Então, deu meia-volta e saiu.

Eu me afundei na cama. Shelby estava certa. Annie não me queria. Ela queria a filha que tinha perdido. Queria onze anos de refeições, abraços e curativos nos joelhos.

Mas ela não me queria. Aqui. Agora. Como eu era.

E eu não a queria. Eu queria a mãe da qual eu me lembrava. A mulher com quem eu tinha sonhado.

Eu me curvei em posição fetal e chorei até dormir.

29
A briga

Vários dias se passaram. Eu estava enlouquecendo enquanto tentava ter notícias dos meus pais. O advogado deles me deixava maluca. Era a pessoa mais inacessível do mundo. Depois, quando conseguimos conversar, ele só ofereceu respostas vagas para as minhas grandes perguntas.

Quando vou poder ir embora daqui?

Quando vou poder ver meus pais?

Não que eu estivesse vivendo num fim de mundo. A casa de Sam e Annie era muito mais bonita e glamorosa do que aquela onde eu morava em Londres. Mas não era a minha casa.

A saudade dos meus pais era uma dor constante. Era estranho. Considerando quantas vezes senti ódio deles quando estávamos em Londres, eu jamais teria imaginado que sentiria tanta saudade quanto de fato sentia. Tipo, não que eu quisesse conversar com eles sobre alguma coisa específica. Era mais como se eu quisesse a presença deles como pano de fundo, fazendo coisas que mães e pais fazem, com os cheiros e sons da minha vida normal.

Depois de mais ou menos uma semana, eu estava relativamente adaptada à rotina. Depois que Shelby e Madison saíam para a escola, eu me levantava. Em seguida, Sam e eu íamos à marina. Ele havia tirado um mês de férias do trabalho. Annie disse que ele era, de modo geral, muito ocupado, portanto aquele mês de folga era tanto um período para Sam relaxar quanto para poder me conhecer.

Para ser sincera, não acho que ele goste tanto de relaxar. Por isso passava tanto tempo fazendo coisas no *Josephine May*. Às vezes saíamos para velejar pela baía. Eram meus momentos preferidos, especialmente quando Madison nos acompanhava. Ficávamos na proa, sentindo o vento bater no rosto. E eu me esquecia de tudo.

Eu adorava olhar Evanport quando estávamos no meio da baía. As casas do lado oeste da costa eram todas de madeira e pintadas de tons pastel. Sam disse que eram muito antigas, mas para mim pareciam apenas grandes casas de praia.

Não sei como, mas Jam conseguiu arrumar um celular com câmera, o que significava que agora podíamos enviar pequenos vídeos e fotos um para o outro. Conversávamos o tempo todo. Ele sabia de tudo: de como eu me sentia péssima, da saudade que eu tinha dele, de como estava desesperada para voltar para casa.

Quando não estava ligando ou trocando mensagens com Jam, eu andava sozinha pela cidade, explorando todos os cafés e lojas. Annie e Sam me deram um bom dinheiro no segundo dia. Disseram para eu sair e comprar roupas novas. Comprei uma calça jeans e várias blusinhas lindas, além de um kit incrível de maquiagem.

Mas minha melhor aquisição foi um par de botas até os joelhos, de couro marrom, com salto alto cheio de spikes. Fiquei supernervosa quando a levei para casa. Minha mãe teria um ataque se me visse usando aquilo, mas Annie apenas comentou que eram mesmo lindas.

MJ telefonava quase todo dia, por volta do horário do almoço. Ela me mantinha atualizada sobre a busca por Sonia Holtwood, que não estava indo nada bem. O que não era de surpreender, para dizer a verdade. Sonia Holtwood era apenas uma de uma série de identidades que aquela mulher usava. Ela as roubava de pessoas que teriam a mesma idade, mas que haviam morrido quando crianças. Só de pensar nisso, eu já sentia um arrepio. Enfim, até aquele momento o FBI sequer sabia o verdadeiro nome de Sonia.

Annie nunca tentou conversar comigo sobre Sonia ou meus pais. Aliás, ao final da primeira semana, tínhamos parado de conversar completamente. Bem, eu tinha parado de falar com ela.

Parece maldade, não é? Mas se visse a forma como ela agia, você me entenderia. Ela ficava sempre rondando e me observando. Então, tossia de uma forma irritante.

— Ahh, Lauren — dizia, toda alegre.

E ia embora. Eu queria fazer terapia? Eu gostaria de conhecer o resto da família? Quando eu estaria pronta para pensar em voltar para a escola?

Mas tudo soava muito falso.

Eu preferia ficar perto da Shelby. Pelo menos nós duas sabíamos que nos odiávamos. Entretanto, com a Annie, a sensação que eu tinha era de que eu era uma coceira que ela não conseguia coçar. Quanto mais eu me distanciava, mais ela tentava ficar perto. Quanto mais eu deixava claro que não queria estar perto dela, mais ela se aproximava.

Percebi que Sam estava ansioso com tudo aquilo. Mas ninguém dizia nada, e a tensão entre nós crescia cada vez mais. Então, duas semanas depois da minha chegada, a situação atingiu um ponto crítico.

* * *

Eu estava olhando um livrinho chamado *Boa noite, lua* com a Madison. Tinha o encontrado em uma prateleira no meu quarto. Só tinha uma memória extremamente vaga de tê-lo folheado quando era mais nova. As páginas estavam amassadas e sujas nas bordas, mas havia algo estranhamente reconfortante em segurar aquele livro nas mãos.

Senti o cheiro seco, almiscarado, profundamente familiar do papel enquanto Madison decorava o poema que queria recitar em uma apresentação no dia seguinte. Ela ria porque o tempo todo confundia as palavras "formiga" e "barriga".

Então, o sr. Sanchez, advogado dos meus pais, telefonou.

— Alguma coisa deu errado? — perguntei.

— Tenho novidades — ele anunciou. — Taylor Tarsen foi liberado depois de pagar fiança. Seus pais adotivos também.

— Então eu posso vê-los? — perguntei, ansiosa.

— Não. Esse é o problema — ele explicou. — Os Purditt estão tentando evitar qualquer tipo de contato. Eles argumentam que existe um risco muito grande de seus pais adotivos tentarem te sequestrar se puderem te ver.

— Vou conversar com eles — falei.

Desliguei o telefone, sentindo a fúria borbulhar.

Annie saiu tranquila da cozinha.

— Alguma novidade, Lauren?

Fui marchando até onde ela estava.

— Como vocês se atrevem a tentar me impedir de ver meus pais?

Annie ficou pálida.

— Espere, Lauren — ela disse. — Você não está entendendo.

— Eles passaram onze anos me criando — berrei. — Eu tenho o direito de vê-los.

Sam e Shelby apareceram de repente.

— Eles tiraram você de nós. — Annie balançou as mãos.

— Eles não sabiam de onde eu vinha — gritei em resposta. — Aliás, mesmo se soubessem, eles são mais meus pais do que vocês.

— Não fale assim com a minha mãe — esbravejou Shelby.

— Calma — pediu Sam. — Lauren, eu sei que é difícil, mas você precisa entender o que eles fizeram. Eles não merecem te ver.

— E como eu fico nessa situação? — gritei. — Presa aqui para sempre? Eu odeio este lugar. Odeio. Odeio.

Virei e corri escada acima. Pude ouvir Annie me seguindo, e Sam gritando para ela voltar. Entrei no meu quarto e bati a porta.

Mas Annie nem bateu. Alguns segundos depois, simplesmente entrou.

— Sai daqui — berrei.

— Não.

Ela estreitou os olhos, e eu a xinguei.

Furiosa, ela deu a volta na cama e agarrou o meu braço.

— Como você se atreve a me tratar assim? — gritou, me forçando a ficar em pé. Seu rosto estava completamente corado, os olhos vermelhos saltando de fúria. — Eu não fiz nada além de ser supercuidadosa com você desde que chegou aqui. Eu te amo tanto, tanto, e você nem me dá espaço.

— Você não me ama — berrei. — Você nem me conhece!

Ficamos ali, frente a frente, nos encarando. Eu aguardei, na esperança de que ela simplesmente desse meia-volta, saísse e me deixasse sozinha.

Mas, em vez disso, ela deixou escapar um suspiro longo e demorado.

— Me desculpe — falou. — Eu não devia ter gritado. — Ela fez uma pausa. — Tem uma coisa que eu gostaria de mostrar para você... Por favor?

Convencida por sua mudança de tom, mas ainda de cara feia, eu a segui até um dos quartos de hóspedes. Annie se aproximou de um armário alto em um canto e abriu a porta.

— Durante esses onze anos, enquanto sua mãe e seu pai desfrutavam da sua presença, eu fazia isso.

Olhei dentro do armário. Estava totalmente tomado de arquivos e caixas de papéis. Pilhas de recortes amarelados de jornais e prints da internet se acumulavam nas prateleiras.

Annie estendeu a mão, pegou um arquivo aleatório e o passou para mim. Li a etiqueta, que já descamava: "Possíveis aparições de Martha". Tinha pelo menos três centímetros de espessura.

— Tudo o que eu fiz foi procurá-la — contou Annie. — Fiquei obcecada. Esqueci até da Shelby. E do Sam. Nós dois chegamos a nos separar por um tempo. No fim, todos me diziam para deixar isso para trás, que você não voltaria. Mas eu nunca desisti. — Ela se virou para mim. — Talvez você esteja furiosa por achar que nós não nos esforçamos para te encontrar...

— Não — respondi com sinceridade. — Eu nunca pensei isso. Quer dizer, eu sei que deve ter sido difícil para vocês terem ficado sem notícias, mas...

— Difícil? — Annie me encarou. — Eu passei o tempo todo aterrorizada. Não conseguia comer, não conseguia dormir. Parei de viver. Eu te via em todos os lugares. Independentemente do que eu fizesse, nada afastava a terrível culpa por não ter te protegido o suficiente naquele dia. — Seu lábio tremeu. — Um medo terrível.

— Mas você não pode culpar os meus pais por isso. — As lágrimas queimavam os meus olhos. — Eles estavam desesperados por um filho. Quando entregaram todo aquele dinheiro para a Sonia, não sabiam que eu não era filha dela.

Annie correu a mão pelos cabelos.

— Você já pensou que, se ninguém estivesse disposto a pagar a pessoas como Sonia Holtwood essa enorme quantia de dinheiro que elas pedem, isso deixaria de incentivar o roubo e a venda de crianças?

E então saiu do quarto.

Atônita, eu me sentei no chão. Nunca pensei assim a respeito do que os meus pais tinham feito. Uma onda de angústia se espalhou por mim. Apoiei o rosto nas mãos. Por que tudo isso estava acontecendo comigo? Não era justo.

Depois de alguns minutos, senti uma mão acariciando minhas costas.

Ergui o olhar. Era Madison. Seus olhos arredondados cor de chocolate denunciavam sua preocupação.

— Oi, Lauren — ela disse e me abraçou. Era o primeiro carinho que eu recebia em duas semanas. Eu a apertei com força. — Eu trouxe uma coisa para mostrar para você — anunciou, apontando para um álbum fininho ao seu lado no chão.

Funguei e tentei sorrir para ela.

— O que é? — perguntei.

— Meu álbum de fotos especiais — ela respondeu. — Fotos suas e algumas minhas. Quer ver?

Sequei o rosto e assenti. Ela se aconchegou a mim no chão e, juntas, olhamos o álbum.

As primeiras páginas eram todas de fotos de bebês marcadas com o meu nome e a data. Enquanto eu as observava, meus olhos se encheram de lágrimas outra vez. Ali estava a vida que eu tinha perdido. A vida que eu tanto queria conhecer quando morava em Londres.

— Eu queria mostrar para você antes — explicou Madison —, mas a mamãe disse que eu devia esperar até você estar pronta. Ela está esperando para te apresentar ao vovô e à vovó. Mas eu achei que você gostaria de ver as fotos. Olha.

Ela virou mais algumas páginas e chegamos a outro conjunto de fotos de bebês. A iluminação e as roupas eram diferentes, mas, fora isso, eu tinha a mesma aparência — o mesmo rosto rechonchudo e os mesmos cabelos castanhos. Espere. Olhei mais de perto.

— Eu estou com os olhos castanhos nessas — apontei.

Madison deu risada.

— Esta sou eu. Somos parecidas, né? — falou, orgulhosa. — Todos dizem que também parecemos com o papai.

Olhei para ela. Eu podia ver semelhanças entre Madi e Sam. O mesmo nariz arrebitado, a mesma pele lisa e bronzeada. Eu parecia com eles?

Virei outra página. Essas fotografias mostravam Madison — não, era eu outra vez, na praia. Eu parecia ter por volta de três anos. Havia um baldinho de plástico vermelho na minha mão.

Aquilo fez surgir algo em minha memória. Alguma coisa vinda da sessão de hipnose com Carla.

— Meu baldinho — falei, sentindo o coração acelerar. — Na praia. *Era onde eu brincava de esconde-esconde com a minha mãe. Com Annie.*

Madison assentiu.

— Fica aqui perto... É a praia de Long Mile. Foi onde você desapareceu. A mamãe me contou.

E apontou para a parte inferior da página.

Fiquei boquiaberta. Era a mulher das minhas memórias. Seus olhos brilhavam e eu estava envolvida em seus braços.

— Esta aqui é a mamãe — falou Madison. — Ela não era linda?

Olhei para a fotografia. Era estranho ver aquele rosto de um jeito que não fosse em minha imaginação. Era surreal. Tentei cruzar a imagem da bela mulher que eu via com a realidade do rosto marcado e cheio de rugas de Annie. Havia algumas semelhanças. Agora eu conseguia ver, especialmente na região dos olhos. Mas, depois de onze anos, Annie parecia uma mulher idosa. Não, não exatamente velha, mas mais parecida com o fantasma da mulher na foto.

— A mamãe disse que ficou muito triste quando você se foi — contou Madison, correndo o dedo pela foto. — Por que será que ela não está feliz agora que você voltou?

30
De coração

As mensagens começaram a chegar no dia seguinte.

Eu estava testando uma sombra nova (esmeralda cintilante, caso se interesse) no grande banheiro da família, próximo ao meu quarto.

De canto de olho, notei Madison espiando pela porta. Fingi que não a tinha visto, esperando que ela pulasse a qualquer momento e gritasse: "Surpresa!" Mas, de repente, ela se virou e passou a olhar para o corredor.

Dois segundos depois, descobri por quê.

Shelby estava ali. Ela não percebeu que eu estava no banheiro, mas pude ver a parte de trás de sua cabeça loira assim que ela se aproximou de Madison na porta.

— *Ecaaa!* Que cheiro é esse? — falou Shelby.

Pelos risinhos que se seguiram, imaginei que ela estivesse com alguma colega arrogante da escola. Uma ou duas garotas costumavam vir com ela para casa depois do colégio. Elas passavam horas falando sobre os garotos com quem queriam sair ou sobre as táticas para convencer seus pais a deixá-las fazer o mais recente preenchimento labial.

— *Ecaaa!* Esse cheiro é nojento — a voz de Shelby ficou mais alta, uma mistura de zombaria e horror.

Mais risadinhas. Eu me mexi um pouco para conseguir ver com mais clareza. Shelby agora estava parada de lado, com os dedos tapando o nariz. E Madison, encolhida no batente da porta, com uma expressão horrível e apática, como se tentasse fingir que não estava ali.

Fiquei congelada, ainda com o pincel de sombra na mão.

E então, antes que eu pudesse fazer alguma coisa, Shelby estendeu a mão e ergueu a blusinha da Madison. Ergueu tanto que pude ver toda a barriguinha reta e branca. Havia um amontoado de hematomas na lateral do corpo da garotinha. Algumas eram de um roxo escuro; outras já desapareciam, num tom verde-amarelado.

— Menininhas que fazem cocô e ficam fedidas merecem ser castigadas — zombou Shelby.

Segurei a respiração, sem conseguir acreditar no que estava vendo.

Em um movimento rápido e decidido, Shelby puxou e torceu um pedaço de pele logo abaixo das costelas de Madison.

A garotinha estremeceu e tentou se soltar, mas Shelby era muito forte.

Foi preciso apenas um passo largo e eu já estava ali. Empurrei Shelby na altura do peito, e ela cambaleou pelo corredor até cair em cima de uma de suas amigas ridículas.

— Fica longe dela — esbravejei. — Ou vai se arrepender.

Vi a amiga de relance, agora boquiaberta. E também Shelby, com os olhos brilhando como balas.

Então puxei Madison para o banheiro e bati a porta.

Eu estava com a respiração pesada, as mãos tremendo de raiva. Olhei para Madison. Ela estava inclinada contra a parede, tentando desviar o rosto do meu. O pescoço e as bochechas estavam totalmente vermelhos.

Eu a toquei no ombro.

— Você está bem?

Ela enrijeceu, se afastando um pouquinho. Eu queria levá-la lá embaixo e mostrar a Annie e Sam o que Shelby tinha feito, o que claramente vinha fazendo já havia algum tempo. *Sua vaca malvada.* Mas então percebi que isso era a última coisa que Madison queria.

— Se ela tentar fazer alguma coisa assim outra vez, me conta.

Madison simplesmente ficou ali, rígida como uma tora, o rosto contorcido de vergonha.

Fui até o espelho. O pincel continuava na minha mão. Meu olhar recaiu sobre o potinho de sombra que eu experimentava antes. Eu a mostrei para Madison.

— Quer passar um pouquinho?

Ela assentiu muito discretamente.

Eu me sentei na beirada da banheira e esfreguei um pouquinho do pó verde brilhante no pequeno pincel. Depois o ergui no ar.

— Essa cor vai combinar superbem com os seus olhos — falei. — Você vai ficar parecendo uma estrela de cinema.

Madison deu alguns passos em minha direção. Observou o pincel enquanto eu o aproximava de seu rosto.

— Fecha os olhos — pedi.

Ela fechou.

Esfreguei um pouquinho de pó em cada pálpebra.

— Mas não posso passar muito — expliquei. — Ou você vai ficar parecendo a sra. Shrek.

Madison riu.

Passei um pouquinho de rímel depois da sombra. E uma fina camada de batom rosa-claro.

— Você ficou muito linda — elogiei. — Daqui a alguns anos, você vai estar sendo disputada por todos os garotos da sua classe.

Madison fechou uma carranca.

— Meninos são chatos — disse.

Sorri para ela antes de virá-la para que pudesse se ver no espelho.

Ela não disse nada, mas um sorrisinho se formou em seu rosto.

— Ei, deixa eu gravar um vídeo — falei, puxando o celular. — Faz uma pose.

Madison fez todo o seu repertório de expressões teatrais. Feliz. Triste. Irritada. Assustada. E a atração principal: loucamente apaixonada.

Demos risada. Senti uma onda de amor por Madison enquanto ela arrumava os cabelos e saía do banheiro. Pobrezinha. Quais seriam suas chances com aqueles pais desequilibrados e uma irmã como a Shelby?

Meu celular bipou enquanto eu colocava a maquiagem em uma nécessarie linda que tinha comprado no dia anterior. Eu o peguei, pensando que poderia ser Jam enviando uma mensagem antes de dormir.

Abri a mensagem, totalmente despreparada para o que estava prestes a ver. Uma linha. Cinco palavras.

> NÃO DIGA NADA, SUA VACA.

Minha respiração ficou presa na garganta.

Shelby. Só podia ser. Pensei em ir até seu quarto e dar um belo tapa naquela cara ridícula.

Mas logo cheguei à conclusão de que não valia a pena.

Deletei a mensagem e enfiei o celular de volta no bolso. Exceto por minhas mãos, que estavam um pouco trêmulas, qualquer pessoa que me visse naquele momento não perceberia que eu tinha me incomodado com aquilo.

31
O sermão

Parei de falar de vez com Shelby e encontrei ainda mais desculpas para evitar ficar perto de Annie. Quando não estava ao telefone com Jam ou com o advogado dos meus pais, eu passava a maior parte do tempo no *Josephine May*, com Sam e Madison.

Certo dia, ele me levou para conhecer os pais dele. Só nós dois. Senti um medo enorme por antecipação. Tipo, alguns amigos de Sam e Annie haviam visitado a casa antes — e todos me ofereceram sorrisos contidos, como se eu fosse uma espécie de bomba capaz de explodir na frente deles. Eu não me importava com esses amigos. Mas os pais de Sam eram meus avós. Minha família.

Embora jamais admitisse para Sam ou Annie, eu queria conhecê-los. Queria saber como eram.

— Annie não quer forçar as coisas — comentou Sam. — Mas seus avós estão desesperados para vê-la.

Eles moravam em um grande apartamento de frente para a marina. Tudo ficava mais ou menos baixo, porque o pai de Sam usava cadeira de rodas. Ele tivera um AVC dois anos antes. Quando soube disso, fiquei ainda mais nervosa. E se ele não conseguisse falar direito? E se tivesse uma aparência estranha?

No fim, deu tudo certo. Ele atendeu a porta em sua cadeira de rodas e me fez inclinar o corpo para beijar sua bochecha.

— Você ficou muito bonita. — Seus olhos brilharam. — Eu sou o seu avô.

Sorri. Ele era igualzinho a Sam, mas com cabelos grisalhos e rugas. E não parecia nada doente, exceto talvez pelo olho direito e o lado direito da boca, que eram um pouquinho caídos.

O pai de Sam afastou a cadeira de rodas, seguiu rapidamente pelo grande corredor de madeira e passou pela porta do outro lado.

— Gloria — gritou. — Eles chegaram.

— Parece que ele está dirigindo um carro de corrida — comentou Sam, fazendo um sinal de desaprovação com a cabeça e seguindo seu pai.

Eu os acompanhei mais lentamente, sentindo um golpe de timidez antes de conhecer a mãe dele. Ela saiu pela porta justamente quando Sam chegou ali. E o abraçou.

— Sammy — disse. — Obrigada por trazê-la.

Ela olhou por sobre o ombro do filho, na minha direção. Era alta, com o mesmo nariz de Sam e Madi, e usava um conjunto verde-claro elegante.

Fiquei no enorme corredor enquanto ela terminava de abraçá-lo. Seus saltos batiam ruidosamente no chão de madeira conforme ela se aproximava. Gloria me observou por alguns segundos. Senti o queimar de uma memória — como quando olhei para a Coelhinha. Seus olhos eram castanho-escuros, profundos e muito perspicazes.

— Você se lembra de mim, não lembra? — ela quis saber.

Em seguida se aproximou e me deu um abraço tão rápido que nem tive tempo de ficar tensa. Então inspirei. Uma lufada profunda, com um cheiro floral, e de repente me senti outra vez de volta àquela época, quando eu era uma garotinha. Aquilo foi avassalador. Como minha memória da mulher na praia.

Aquele cheiro significava ser amada.

Meu coração bateu mais rápido e lágrimas brotaram de meus olhos. A mãe de Sam me abraçou mais forte.

— Tudo bem, está tudo bem — ela sussurrou, acariciando minhas costas. — Não é surpresa que se lembre de mim. Cuidei muito de você quando era criança.

Para meu completo constrangimento, as lágrimas agora escorriam pelo meu rosto. Ela me segurou um pouquinho distante e sorriu.

— É isso — disse. — Não precisa ter vergonha de chorar. Pode desabafar. — E acariciou meus cabelos. — Acho que seria um pouco estranho você começar a me chamar de "vó" tão cedo, então por que não me chama de Gloria?

Funguei e assenti, secando o rosto. Era estranho. Embora eu não esperasse chorar assim, também não me importei com o fato de ela me abraçar. Pareceu natural, como quando Madison me abraçou.

Por que não era assim com Annie?

Gloria piscou para mim como se conspirasse alguma coisa. Depois se virou para Sam. Ele nos olhava boquiaberto.

— Feche a boca para não entrar mosca, Sammy — ela lançou, sorrindo. — Lauren e eu sempre tivemos uma ligação especial. Eu disse a Annie que não teria problema.

Ela segurou meu braço e me levou até a sala de estar — um enorme espaço aberto, com amplas janelas de vidro que tomavam toda uma parede. O pai de Sam tinha parado a cadeira de rodas ao lado de uma mesinha baixa de café. Ele sorriu para mim.

Gloria pediu para Sam ir fazer café. Então ela me convidou para sentar ao seu lado no sofá e disse:

— Bem, só porque temos laços de família, não significa que sabemos tudo uma da outra. Eu gostaria que me contasse sobre você. Comece com as informações importantes. Você tinha namorado na Inglaterra?

Corei.

O pai de Sam gargalhou na cadeira de rodas.

— Isso significa que sim — lançou.

— Bem, vamos em frente — falou Gloria. — Ele é um galã? Era assim que dizíamos na minha época.

Corei ainda mais. Eu não conseguia acreditar que aquelas pessoas eram meus avós. Eles falavam sobre garotos e assuntos do tipo como se fosse a coisa mais natural do mundo. Mas eles deviam ser idosos. Sessenta e poucos, chutando baixo.

Gloria deixou escapar uma gargalhada.

— Então o namorado é um galã. Você deve sentir saudades dele, não?

Olhei pela janela, para o mar. Assenti. Gloria deu tapinhas em minha mão.

— E dos seus pais, da Inglaterra?

Engoli em seco, assentindo mais uma vez.

— Conte sobre eles — ela pediu.

Olhei para ela. Seus olhos eram brilhantes e questionadores. Mais ou menos como os de Annie, mas não tão ávidos. Era como se ela quisesse me conhecer, mas acreditasse que tudo aconteceria na hora certa.

Gostei dela.

Contei sobre minha mãe e meu pai. Ela ouviu, sem afastar o olhar de mim, apenas assentindo de vez em quando. Falei e falei. Contei que tudo o que eles faziam me deixava furiosa, mas que agora estava com muita saudade.

Contei coisas que eu sequer havia mencionado a Annie e Sam. Expliquei como o processo contra os meus pais corria rápido. Que o sr. Sanchez me contara que Taylor Tarsen tinha conseguido uma espécie de acordo, o que significava que receberia uma sentença mais branda em troca de informações sobre outras pessoas envolvidas no sequestro.

— E agora ele está dizendo que os meus pais sabiam que Sonia tinha me roubado — expliquei, com a voz trêmula. — Ele falou que os meus pais o subornaram para que ele recebesse todos os cheques e organizasse os documentos falsos da adoção. Mas ele está mentindo, e eu estou muito preocup...

Percebi que Sam atravessava o corredor e se aproximava, trazendo uma bandeja com xícaras de café. Baixei o olhar.

Gloria repuxou os lábios, mas não disse nada. Apertou minha mão e mudou de assunto delicadamente, passando a falar do barco de Sam.

Bebemos o café e nos levantamos para ir embora. Sam tinha me avisado que, por mais que seu pai parecesse estar bem, ele se cansava com facilidade. Enquanto eu me despedia dele, percebi que Gloria sussurrou alguma coisa em tom de urgência no ouvido de seu filho.

No caminho para casa, senti vontade de perguntar se ela tinha dito algo a meu respeito. Mas Sam estava estranhamente distante — todo entregue a seus próprios pensamentos. Num primeiro momento, eu me perguntei se havia feito algo que o tivesse irritado. De qualquer forma, quando chegamos em casa, aquele clima pareceu se desfazer. E, ao fim do dia, eu já tinha me esquecido totalmente de tudo.

* * *

O dia seguinte foi sábado. Estávamos no meio de novembro, duas semanas e meia depois da minha chegada à casa dos Purditt. Eu me sentia melhor que nos últimos dias, louca para conversar com Jam e contar que tinha conhecido meus avós. Seria bom poder dizer algo positivo para ele, só para variar. Desde a mensagem de Shelby, a gente se falava várias vezes por dia, e eu já estava preocupada que ele fosse se encher por eu sempre dizer como me sentia péssima na casa daquela família.

Não que ele tivesse dito alguma coisa. Jam sempre foi incrível.

— Aguenta firme aí — ele dizia. — Logo, logo a gente se vê.

Eu não conseguia imaginar como isso poderia acontecer, mas ainda assim adorava a forma decidida como ele sempre falava isso.

Naquele sábado em particular, eu esperava que ele ligasse a qualquer instante. Geralmente Jam enviava mensagens no começo da tarde na Inglaterra, quando sabia que eu já tinha acordado. O dia estava lindo — o sol brilhava forte no céu azul, o ar estava limpo e gelado. Sam, Madison e eu tínhamos ido à marina — meu lugar favorito de Evanport. Ele estava animado por nos levar para navegar uma última vez antes de o tempo ficar gelado demais.

Então ele parou em uma loja para comprar algumas coisas enquanto Madison e eu fomos para o barco.

Enquanto ela saltitava à minha frente, uma sombra enorme surgiu no caminho.

— Lauren — chamou uma voz grossa e profunda.

Olhei para cima.

— Glane!

Ele estava parado diante de mim, de braços cruzados, parecendo bastante satisfeito consigo mesmo.

Pode parecer loucura, já que eu mal o conhecia, mas eu estava tão carente de amizades que não consegui conter um sorriso e lancei meus braços em volta dele.

Ele me abraçou, depois segurou meu ombro.

— Pensei em fazer uma visita — falou, sorrindo. — E aí, como estão as coisas?

Meu lábio tremia. Eu podia ver Madison à minha frente, olhando para nós. Eu me aproximei dela.

— Madi, diga ao papai que eu fui tomar alguma coisa, está bem?

Ela assentiu e saiu correndo.

— É sua irmã? — perguntou Glane, sorrindo.

Confirmei com a cabeça e comecei a andar de volta rumo à pequena cafeteria no quebra-mar. Ele andava ao meu lado, suas pernas dando um passo para cada dois meus.

— O que está acontecendo? — ele quis saber.

Senti lágrimas brotando em meus olhos.

— Tudo — explodi. — Tenho que viver aqui com uma família que eu não conheço. A Shelby é uma vaca. O Jam está a milhares de quilômetros de distância. Tipo, o Sam é legal, os pais dele também, mas a Annie é horrível. Além do mais, ela e o Sam não me deixam ver meus pais...

Minhas palavras se dissolveram em meio ao pranto enquanto chegávamos ao quiosque no cais. Não havia quase ninguém por perto, apenas alguns moradores bem-vestidos de Evanport em uma das mesinhas a poucos metros dali.

Escolhi uma mesa distante e esperei Glane. Enquanto ele trazia um café puro para ele e uma Coca zero para mim, lembrei tudo o que ele havia dito sobre como era difícil para Jam viver sem o pai. Quando Glane colocou as bebidas sobre a mesa, olhei para ele, certa de que encontraria compaixão em seus olhos.

Mas Glane já franzia a testa.

— Não estou entendendo — falou. — Você descobriu que era uma criança desaparecida. Isso aqui era o que você queria, não?

— Sim — respondi, sentindo as lágrimas queimarem meus olhos. — Mas é horrível. Eu não queria ser levada para longe da minha família.

— E o que você *imaginou* que iria acontecer?

Franzi a testa. A verdade era que, durante todo o tempo em que eu tentava descobrir se era Martha, esqueci de pensar em como seria tudo no futuro.

— Eu só queria saber a verdade.

Glane assoprou seu café antes de tomar um gole do copo de isopor.

— Bem, agora você descobriu.

Inclinei o corpo para a frente, tentando fazê-lo entender.

— Mas meus pais podem ir para a cadeia.

Glane assentiu.

— É terrível, claro, eles serem acusados de um crime tão grave. E eu os conheci... São pessoas muito boas. Tenho certeza de que vão ser liberados. É só uma questão de tempo.

Eu já sentia minha paciência se esgotar.

— E como eu fico enquanto isso? Tenho que ficar morando aqui com...

— Com a sua família — Glane me interrompeu. — A família que você procurou, a família que a perdeu por onze anos. Como você acha que foi para eles?

Eu o encarei. Por que ele não entendia?

— Mas eles não me conhecem. Eu não os conheço. Eles acham que meus pais são culpados por terem me roubado quando eu era criança. Querem que eu me adapte aqui, mas eu não vou me adaptar. Eu não pertenço a esse mundo. E quero ir para casa.

Glane engoliu o resto de seu café. Olhou para minha Coca, que permanecia intocada no centro da mesa, e deslizou o dedo pela água que condensava na lateral da lata.

— Você não está percebendo o que tem nas mãos, Lauren.

— O que você quer dizer com isso? — lancei. — Estou percebendo perfeitamente. Eles queriam uma criança de volta e acabaram me recebendo.

As pessoas na outra mesa me encaravam. Assim como o atendente do quiosque. De canto de olho, vi que Madison e Sam avançavam pelo cais, em nossa direção.

— Lauren. — A mão de Glane estava quente sobre a minha. — Sei que é difícil. Não estou dizendo que é fácil ficar sem seus pais e seu namorado. Mas também é difícil para a família que a recebeu. Shelby... é a outra irmã, não é?

Assenti discretamente.

— Também deve ser difícil para ela. Uma irmã mais velha e linda aparecendo do nada enquanto ela está entrando na adolescência.

— Acredite no que estou dizendo. Ela é uma...

— Você está tendo uma chance, Lauren. Uma chance de ser parte de outra família. É uma bênção rara.

Sem confiar em mim mesma para dizer nada, apenas o encarei.

— Você tem duas mães e dois pais que a amam — continuou Glane. — Por isso, talvez seja possível pertencer a dois lugares.

— Tudo bem aí, Lauren? — gritou Sam.

Ele se apressava na direção da nossa mesa, com um olhar ansioso no rosto.

Madison correu em minha direção. Ela se aninhou no meu braço, olhando para Glane com olhos enormes. Ele sorriu para ela.

— Acabei encontrando o Glane por acaso — expliquei. — Mas já estou pronta para ir com vocês.

E, sem voltar a olhar para Glane, eu me levantei e fui embora.

32

A visita

Normalmente eu adorava andar de barco. Ficar na proa com Madison, deixando o vento salgado bater no rosto. Mas hoje tudo deu errado. Fiquei profundamente incomodada com as palavras de Glane. Como ele se atrevia a sugerir que eu estava sendo egoísta? Eu me encontrava em uma posição insuportável, será que ele não percebia isso?

Para piorar as coisas, Jam não telefonou. Fiquei sem sinal no mar, mas, quando voltei para casa, tentei falar com ele várias vezes. A ligação ia direto para a caixa postal, e ele não respondeu a nenhuma das minhas mensagens.

No fim da tarde, eu estava irritada. Depois do que tinha acontecido com Glane, precisava mais do que nunca falar com Jam. Por que ele tinha desligado o telefone?

E, conforme a noite seguia, eu me sentia cada vez pior. Talvez ele tivesse mudado de número. Mas por que não havia me passado o novo?

Talvez tivesse uma nova namorada.

Meu coração se retorceu de ciúme.

Shelby não ajudava. Ficou me encarando a noite toda. E acabei recebendo outra mensagem dela.

> FICA QUIETA OU VOCÊ MORRE, SUA VACA.

Em outro momento, isso teria me incomodado muito. Mas, francamente, depois do choque inicial, eu não sentia nada além de desprezo pela Shelby. De qualquer forma, agora eu devia ligar para Glane e contar o que estava acontecendo.

Está vendo o que eu tenho que aturar?

Mas eu era orgulhosa demais para isso. Então, resolvi enviar uma mensagem para Shelby. O texto era muito curto — apenas três palavras. E a terceira era "ferrar".

Mas isso não me fez sentir melhor.

Eu não conseguia dormir. A preocupação com minha mãe e meu pai se misturava à frustração com Glane e à angústia por não conseguir falar com Jam.

Depois de duas horas virando de um lado para o outro na cama, decidi preparar uma xícara de chocolate quente. Eu sabia exatamente como Annie fazia. Duas colheres cheias de um delicioso chocolate em pó, misturadas a um pouquinho de água e despejadas em uma caneca de leite quente e espumando.

Fui até a cozinha. Tinha acabado de bater o leite com o mixer quando ouvi um barulho do lado de fora.

Meu sangue gelou.

A cozinha era um cômodo quadrado, com janelas de ambos os lados e uma porta de correr grande que dava para o quintal dos fundos. Dei uma olhada no ponto de onde achava que o barulho vinha. Não consegui ver nada além do contorno das árvores contra o céu escuro.

Levei a mão para trás e apaguei a luz. Quando o lugar ficou escuro, uma criatura baixa e curvada passou pela porta. Meu coração acelerou. Parecia baixa demais para ser uma pessoa, mas, ao mesmo tempo, corpulenta demais para ser um gato ou uma raposa. Talvez fosse um urso. Um urso pequeno. Será que os ursos conseguiam entrar tanto assim na cidade? Eu não tinha a menor ideia.

A criatura se levantou. Era uma pessoa. De capuz. Respirei fundo. Fiquei tão assustada que não consegui nem gritar. E então, assim que abri a boca para berrar, a criatura tirou o capuz.

E sorriu para mim.

Era Jam.

A caneca de leite quase caiu das minhas mãos. Eu a coloquei sobre uma superfície e me apressei em direção à porta. Ele acenava para que eu pegasse as chaves e a abrisse.

Olhei em volta. Minha mãe sempre deixava as chaves penduradas em ganchos com etiquetas na parte de dentro de um armário da cozinha. Eu não esperava que Annie fosse tão organizada assim.

Abri gavetas e mais gavetas, tentando não fazer barulho, fuçando desesperadamente em meio a listas, contas e catálogos que Annie claramente não suportaria jogar fora.

Nada.

Deslizei o olhar por todo o cômodo. Onde estariam as chaves?

Ali. Eu as encontrei, bem na beirada de uma prateleira próxima à porta.

Minhas mãos tremiam enquanto eu tentava encaixar as três chaves separadas em cinco fechaduras distintas na porta. Jam continuava parado do lado de fora, me observando. Meus cabelos estavam uma bagunça. E eu não estava maquiada. Tinha escovado os dentes antes de ir para a cama?

Finalmente consegui abrir a porta. Senti um golpe de vento gelado. E ali estava ele, me puxando para perto. As mãos frias contra o meu rosto. A boca quente contra os meus lábios.

E então o mundo parou. Ele estava ali. Estava comigo. Era meu.

— O que você está fazendo aqui? — sussurrei.

Ele entrou e fechou a porta silenciosamente.

— Eu não aguentei — falou. — Saber que você está se sentindo tão mal, e a gente longe um do outro... Eu precisava voltar. Para podermos ficar juntos.

Pisquei para ele.

— Mas... mas... — As perguntas se multiplicavam em minha cabeça. — Como você conseguiu chegar até aqui? — gaguejei.

— Faz dois dias que minha mãe cancelou a minha linha. Disse que a conta estava alta demais. Foi meio que a gota-d'água. — Jam deu de ombros. — Comprei as passagens de avião usando a conta dela na internet. Aí peguei uma grana na bolsa dela, depois que alguns clientes pagaram em dinheiro. Mas eu economizei a maior parte. O ônibus de Boston para cá foi baratinho. — Seu rosto ficou vermelho. — Sei que o que eu fiz foi errado, mas vou devolver o dinheiro para ela assim que puder.

— Por que você não me ligou?

Eu o abracei. O mais doce dos sentimentos agora tomava conta de mim. Ele tinha feito tudo isso para estar comigo.

Jam sorriu, e ele ficava ainda mais lindo desse jeito. Meu coração parou de bater por um segundo.

— Pensei em te fazer uma surpresa — ele respondeu, e seu sorriso se desfez. — É isso que você quer, não é?

Olhei para ele.

— Como assim? O *que* é que eu quero?

Ouvi passos no andar de cima. Corri até a porta da cozinha e olhei na direção das escadas, acenando para Jam ficar em silêncio.

Ouvimos atentamente por alguns momentos. Então, alguém apertou a descarga e ouvimos os mesmos passos voltando pelo corredor.

Jam se arrastou para perto de mim.

— Se sairmos agora, vamos estar a quilômetros de distância quando alguém perceber — sussurrou.

Pisquei para ele. Uma onda de medo e agitação girou em minha cabeça.

— Jam — falei, nervosa. — O que você está pensando em fazer?

Ele franziu a testa.

— Em fugirmos juntos, é claro.

33
Na marina

— Mas para onde a gente vai? — perguntei.

— Eu já planejei tudo. — Jam correu os dedos pelos cabelos. — Vamos seguir para a costa Oeste. Os Estados Unidos são um país gigante. Vamos nos perder nele. Encontrar trabalho, alugar um apartamento...

— Mas nós somos muito novos — gaguejei. — E não temos dinheiro.

Jam acenou, como se não desse a mínima para minhas objeções, fazendo um movimento com a mão que me fez lembrar de Carla.

— Outras pessoas já fizeram isso antes. Podemos fazer dar certo, Lauren. Se tivermos um ao outro, podemos fazer dar certo.

Eu me virei e comecei a trancar a porta outra vez.

Jam veio por trás e me abraçou na altura da cintura.

— Você odeia ficar aqui. E não tem nada para mim na minha casa. Quer dizer, meu pai não está... — Sua voz falhou. — E... e minha mãe não se importa comigo. Está mais interessada em suas malditas velas espirituais. — Ele me virou, de modo que eu o olhasse nos olhos. — Se formos embora agora, vamos estar a quilômetros daqui quando alguém sentir a nossa falta.

Meu estômago se revirou. Eu queria ir com ele, mas ainda não era hora.

— Agora não — respondi.

— Por que não? — Percebi a surpresa e a desconfiança na voz de Jam. — Você não quer dar o fora daqui?

— É claro que quero, mas... mas seria melhor termos mais dinheiro. Eu devo receber minha mesada amanhã. Talvez consiga descolar uma grana extra. Tipo um adiantamento.

Jam desviou o olhar, repousando-o na caixa de leite que eu havia deixado ao lado da geladeira.

— E quanto a mim?

— Fica no meu quarto — falei. — Você pode se esconder lá. Comer alguma coisa. Descansar.

Ele concordou com a cabeça.

Peguei uma caixa de leite e um pão inteiro na cozinha, depois guiei Jam pelas escadas.

Prendi a respiração enquanto passávamos pelo quarto de Shelby e depois pelo de Annie e Sam. Mas todos pareciam dormir pesado.

Entramos no meu quarto e fechamos a porta. Jam olhou em volta enquanto tirava a jaqueta.

— Meio infantil, não é? — sussurrou, bocejando.

— Era o meu quarto... de quando eu era pequena, lembra?

Ele assentiu, puxou um pedaço do pão e enfiou na boca.

Fui até o closet e peguei um cobertor extra da prateleira de cima.

— É melhor você dormir aqui dentro. Para o caso de alguém entrar no quarto de manhã.

Jam engoliu o pedaço de pão.

— Eu nem estou cansado. — E sorriu. — Ei, e se eu precisar fazer xixi?

Olhei em volta. Peguei um vaso de flores naturais que Annie havia colocado ao lado dos livros infantis na prateleira. Tirei as flores e o entreguei a Jam.

— Usa isso.

Ele arqueou as sobrancelhas, pegou o vaso e desapareceu dentro do closet.

— Eu já volto.

Andei de um lado para o outro do quarto, com a cabeça a mil.

Eu queria estar com Jam. Nunca quis tanto uma coisa na vida. Mas, mesmo assim... Parecia errado deixar os meus pais agora, quando eles deviam estar superpreocupados e com medo por causa do processo. E, por mais que Annie me irritasse, seria justo fazê-la me perder outra vez? E também havia Sam. E os pais dele. E, acima de tudo, Madison.

Depois de um tempo, eu me dei conta de que Jam não tinha saído do closet. Fui até lá.

— Jam? — sussurrei. — Jam?

Silêncio. Olhei em volta. Ele estava sentado, com o corpo caído sobre uma almofada, ainda segurando o pedaço de pão.

Eu me agachei ao lado dele e afastei uma mecha de cabelos de sua testa. Enquanto eu o ajeitava cuidadosamente no chão, seu PSP deslizou para fora do bolso da calça. Peguei o aparelho e o virei. Ainda havia seis ranhuras na parte de trás.

Como o pai dele podia não querer vê-lo?

Por um instante, fui tomada pela dor que Jam devia sentir. Aquilo me deixou triste. E com raiva.

Acariciei mais uma vez seu rosto. Por fim, coloquei uma blusa dobrada debaixo de sua cabeça, ajeitei um cobertor sobre seu corpo e fui para a cama.

* * *

Madison frequentemente vinha me ver de manhã. Às vezes, trazia um copo de suco de laranja, ou um livro para me mostrar, ou uma pulseira ou brinco que tinha feito com seu kit de artesanato.

Hoje ela havia feito um desenho. Senti a folha de papel esfregando em minha mão enquanto ela me sacudia para me acordar.

— Lauren, Lauren — sussurrou. — Acorda.

Abri os olhos.

Seu rosto estava a centímetros do meu. Seus olhos eram como enormes botões.

— Lauren, tem um menino no seu closet.

Levantei de um salto e olhei para o closet. A porta estava aberta. Vi o pé de Jam saindo de debaixo da coberta.

— Eu não ia pegar nada, só estava olhando suas coisas — garantiu Madison com ansiedade. — Acho que ele está dormindo. Quer que eu chame a mamãe e o papai?

— Não — sussurrei. — Está tudo bem. O Jam é meu amigo. Ele apareceu aqui ontem à noite. Eu... eu não quis acordar todo mundo.

— É o seu namorado?

Olhei para o desenho que Madison tinha trazido para mim. Uma imagem de giz de cera, nós duas paradas, uma ao lado da outra, na proa do *Josephine May*.

— Mais ou menos — respondi. — Mas ele mora na Inglaterra. — Olhei para ela. — Ele e eu estávamos pensando em ir embora. Então, é importante que você não conte a ninguém que ele esteve aqui.

— Você não vai embora por muito tempo, vai? — Os lábios de Madison tremiam. — O meu aniversário é depois do Dia de Ação de Graças, e a mamãe quer dar uma grande festa, mas eu só quero ir ao cinema com você. — Ela se aproximou e sussurrou em meu ouvido: — Você pode escolher o que a gente vai assistir, se quiser.

Senti o aroma doce de geleia de morango em seu hálito. Um amor feroz, protetor, apunhalou meu coração. Por um segundo, imaginei Madison fugindo com a gente, mas a imagem se desfez quando me deparei com a impossibilidade de isso acontecer.

O que me deixou pensativa.

De forma alguma eu poderia deixá-la.

— Tudo bem — sussurrei para Madison. — Vamos dar uma volta na marina. Você pode ir com a gente.

— O quê? — Eu não percebi que Jam tinha saído do closet e estava parado ao pé da cama. Madison se aproximou de mim enquanto Jam franzia a testa e empurrava os cabelos bagunçados para trás. — Do que você está falando?

— Jam, esta é a Madi — apresentei. — Minha irmã.

Ele abriu aquele seu sorriso enorme e lindo, e meu coração deu um pulo. Por um segundo, cheguei a vacilar. Eu estava louca por ter pensado em desistir da chance de fugir com ele para sempre?

— Não podemos conversar aqui. — Apontei para o relógio. Nove da manhã. — Não deve ter muita gente na marina agora. Está muito frio, e lá é um bom lugar para a gente resolver tudo.

Jam olhou para mim, mas não disse nada. Apenas assentiu.

* * *

Foi fácil dar o fora de casa. Madison ficou de guarda na base da escada enquanto eu guiava Jam até o hall e passávamos pela porta principal. Ouvi Annie na cozinha enquanto passávamos.

— Um pão inteiro, Sam... Será que ela é bulímica?

A marina estava coberta com a geada, que estalava sob nossos pés como um enorme pacote de batata palha. Jam e eu caminhamos, calados.

Quando chegamos ao quiosque de café, Madison seguiu saltitante pelo cais. Observei seus longos cabelos balançarem nas costas. Não havia quase ninguém à nossa volta. Um cidadão elegante de Evanport passeava com seu belo terrier escocês. E havia um casal ao longe, ambos cobertos de chapéus e cachecóis. Havia algo vagamente familiar na forma como a mulher andava, mas eu estava preocupada demais para prestar muita atenção.

O quiosque estava fechado, com suas mesas e cadeiras de ferro na parte de fora. Jam e eu nos sentamos onde, no dia anterior, eu havia conversado com Glane.

— Então, o que está acontecendo, Lauren? — Jam me encarou com olhos endurecidos. — Eu fui com você quando me pediu. Por que você não quer ir agora?

— Eu quero — respondi. — Quero estar com você. Mais do que qualquer outra coisa. É só que...

Meu telefone bipou, mas eu ignorei.

— É só que o quê?

— Não é tão simples assim — expliquei. — Meus pais podem ser mandados para a cadeia por algo que não fizeram. Preciso estar perto deles.

— Por quê? — ele questionou, franzindo a testa. — Quando estávamos em Londres, você não parava de reclamar dos seus pais. Eles te deixavam louca.

— Eu sei, mas agora é diferente. — Como eu podia explicar? *Eu não sabia como seria a experiência de ser arrancada do convívio deles.* — Não é só isso. Também tem a Annie e o Sam. Eles passaram onze anos longe de mim. Não posso simplesmente ir embora e deixá-los para trás.

— Mas você reclamava que se sentia péssima aqui!

Jam se virou. O sol iluminou uma mecha de cabelos caída sobre a testa. Ele era tão lindo! E queria ficar comigo.

O que eu estava fazendo?

Um nó se formou em meu estômago.

— Preciso pensar mais sobre isso. — Estendi a mão para segurar a dele. Estava fria. — Talvez a Annie e o Sam deixem você ficar aqui. Quando souberem o que sentimos um pelo outro.

Jam afastou a mão.

— Ah, cai na real, Lauren. Eles não vão querer que eu atrapalhe a vida da sua familiazinha feliz.

E se levantou enquanto meu celular bipava outra vez.

Olhei para o aparelho.

— Quem é? Seu namorado novo? — lançou Jam.

Não respondi. Quase nem percebi quando ele deu meia-volta e começou a andar.

Olhei para a mensagem na tela.

> Barco. Agora. Ou sua irmã morre.

34
Procurando Madison

Seria Shelby? Mais uma de suas brincadeiras de mau gosto?

Deslizei o olhar pela marina. Até onde eu conseguia enxergar, tudo estava completamente deserto. Então onde estaria Madison?

Jam continuava se afastando. Tinha quase chegado ao ponto onde a marina termina e uma fileira de lojas começa. Alguns clientes andavam pela calçada.

— Jam! — gritei. Um cliente olhou para mim, mas Jam permaneceu indiferente. — Jam, por favor.

Por um segundo, eu me detive, incerta.

Jam já desaparecia atrás da primeira loja, a Tackle and Splice.

— JAM! — repeti. — POR FAVOR.

Meu coração afundou. Eu não podia correr atrás dele. Tinha que encontrar Madison.

Virei e olhei para o cais, em direção ao barco. Eu tinha certeza de que Shelby havia enviado aquela mensagem. *Sua ridícula, vaca ridícula.*

Murmurei algumas palavras enquanto corria, jurando que, assim que chegasse em casa, eu iria até seu closet e pisaria em todas aquelas roupas horríveis dela.

Derrapei até parar ao lado do barco. Estava assustadoramente quieto.

— Madi — chamei. — Você está aí?

Silêncio.

Subi a bordo. Não havia ninguém na popa. Droga. Eu estava usando minhas botas de salto. Sam me mataria se eu andasse no deque com elas. Segui na ponta dos pés até o salão e subi na proa. Não conseguia ver nada pelas janelas. Meu coração acelerou. Sam costumava deixar as cortinas fechadas assim?

Ninguém na proa também.

Eu me arrastei de volta até a popa e passei pela porta do salão. A madeira onde Sam costumava colocar o cadeado estava lascada. Alguém invadira o barco. Será que tinha sido a Shelby?

Hesitei. Talvez eu devesse correr. Procurar ajuda. Mas logo imaginei a cara triunfante da Shelby quando tudo se provasse uma grande brincadeira.

Rangendo os dentes, abri a porta e olhei os degraus agora à minha frente. Imediatamente abaixo estava o lugar onde todos os mapas e equipamentos de navegação ficavam guardados. À esquerda ficava uma pequena cozinha — com fogão, frigobar e armários. Depois da cozinha havia o salão — o principal espaço de convivência do barco, que tinha tapetes, um sofá e uma TV.

Eu não conseguia ver o que havia nos cantos escuros. Sem querer dar as costas para a escuridão, eu me arrastei pelos degraus.

— Shelby? Madi?

Minha voz saiu em um sussurro rouco. Não havia nenhum barulho, exceto a água batendo levemente no casco e os ruídos dos movimentos do barco.

Minha boca estava seca. Cruzei a cozinha e estendi a mão para tocar o interruptor. Tentei acender, mas não havia luz.

— Se for uma das suas brincadeiras, Shelby, eu te mato.

Dei um passo e entrei no salão. Por fim, abri as cortinas e deixei entrar um pouco de luz.

Mas então um barulho violento veio do canto. Virei rapidamente. Aquilo era a ponta de um sapato? Olhei para a escuridão.

Uma silhueta saiu das sombras. Um homem. Seu rosto estava rígido, cheio de determinação.

Abri a boca para gritar, mas sua mão, coberta com uma luva de couro, já estava sobre minha boca e meu nariz. Ele me puxou, me fazendo virar e me forçando a colocar o braço para trás.

— Quieta — ordenou.

Ele me empurrou de volta pela cozinha, passamos pelas escadas até a porta do salão e a popa, chegando à área dos quartos. Tentei reagir, mas ele me segurou com mais força, puxando meu braço para cima. Senti dor. Dei um grito abafado.

Agora estávamos na parte traseira do barco. O homem abriu a porta do quarto maior e me empurrou. Cambaleei e ergui o olhar.

Ali, caída na cama, com a boca coberta com fita adesiva, estava Madison.

Sentada ao seu lado, estava Sonia Holtwood.

35
Ligações com um crime

Os lábios de Sonia se curvaram em um sorriso gelado de desprezo. Ela tinha mudado a aparência outra vez — agora, grandes cachos ruivos caíam pesadamente em volta do rosto, o qual, de alguma forma, parecia mais longo e fino do que antes.

— Oi, Lauren — falou.

Lancei um olhar para Madison. Ela tentava desesperadamente se sentar, mas Sonia Holtwood continuava empurrando-a na direção da cama.

Dentro de mim, senti brotar uma raiva que afogou completamente o medo. Tentei me aproximar de Madi, mas o homem que segurava meu braço o torceu outra vez contra minhas costas. Ergui o pé atrás do corpo e afundei o salto fino entre suas pernas.

— AHHHH! — ele rugiu e soltou meu braço apenas o suficiente para eu me libertar.

Corri até Madison e a puxei, colocando-a em pé. Então virei e procurei uma forma de sair do quarto.

Nesse momento, percebi como a situação era desesperadora. Estávamos no quarto principal, na parte mais escondida do barco. O cômodo tinha poucos metros quadrados, com espaço suficiente apenas para uma cama, um armário e um lavabo. Uma escotilha minúscula na parte superior da parede, à esquerda da cama, dava vista para o mar aberto. Acima da cama estava um alçapão, trancado com cadeado pelo lado de fora. A única forma de sair do quarto era pela porta, mas o homem estava lá, de guarda. Ele inclinou o corpo para a frente, gemendo por conta do meu golpe.

Senti o pulsar da satisfação desaparecer quando ele se ajeitou, com um olhar furioso no rosto. Com o punho erguido, veio em minha direção.

Coloquei o corpo na frente de Madison enquanto ele levava o braço para trás.

Estremeci e fechei os olhos, esperando o golpe, que não veio.

Ergui o olhar. Sonia Holtwood estava parada à minha frente, com as mãos na cintura.

— Eu já disse, Frank... Temos que fazer parecer que foi um acidente. Não podemos deixar marcas. Nem ferimentos.

O barco chiou e entrou em movimento. As narinas de Frank se alargaram. Em seguida, ele abaixou o braço.

— Tudo bem. — E fechou uma carranca. — Vou ligar o motor.

Em seguida ele saiu do quarto, e senti a mão de Madison se arrastando para perto da minha. Eu a apertei, sem afastar os olhos de Sonia Holtwood.

Ela balançou a cabeça para mim.

— Senta — ordenou.

— O que você vai fazer com a gente? — Puxei Madison para perto, do outro lado da cama, e arranquei a fita adesiva de sua boca.

— Bem... — Sonia falou lentamente. — É uma questão de prioridades. E digamos que minha prioridade é não acabar presa.

Madison grudou em mim. Enquanto seu corpinho pressionava a lateral do meu, senti o celular no bolso da minha calça jeans. Olhei para Sonia.

— Do que você está falando?

— Eu não vou ser mandada para a cadeia se não puder ser identificada — continuou. — E só existem duas pessoas capazes de me reconhecer.

— Jam e eu? — Discretamente, me mexi um pouco, de modo que Madison bloqueasse completamente a minha perna da vista de Sonia. Enfiei os dedos no bolso e senti a beirada fina do celular.

Do lado de fora, eu ouvia os passos de Frank e o som da corda batendo contra o deque.

— Sim — confirmou Sonia. — Você e aquele garoto. Sabe, eles estão atrás de mim porque eu te sequestrei. Duas vezes. Mas nada me liga ao primeiro sequestro, com a exceção do segundo. E nada me liga ao segundo, exceto vocês dois.

Peguei o celular e comecei a tirá-lo discretamente do bolso.

— Parece que você não se incomodou com as minhas mensagens — prosseguiu Sonia. — Então imaginei que o próximo passo seria intimidar um pouquinho a testemunha.

Meu coração saltou. Então aquelas mensagens eram de Sonia, não de Shelby.

Agora o aparelho já estava quase fora do bolso. Eu precisava manter Sonia falando para ela não perceber o que eu estava fazendo.

— Como você descobriu meu número?

Ela sorriu.

— Quando você falsifica identidades, descobrir um número de telefone é moleza.

O celular deslizou entre meus dedos suados.

— Identidades?

Sonia concordou com a cabeça.

— Eu crio vidas novas para as pessoas. E para mim também. Posso ser qualquer um. Ninguém é capaz de me encontrar.

— E Taylor Tarsen? — Agarrei o celular com mais força. — E todos os documentos que envolvem Sonia Holtwood?

— Taylor não sabe nada a meu respeito — ela cuspiu com sarcasmo. — Nós já conversamos, já fizemos negócios, claro. Mas ele só me viu uma vez, onze anos atrás. Desde então, passei por uma cirurgia no nariz e mudei tudo na minha aparência. Duvido que Taylor me reconheceria se me encontrasse na rua. E não uso a identidade "Sonia Holtwood" há anos. Como já deixei claro, apenas duas pessoas podem me ligar a tudo isso.

Puxei o celular totalmente para fora da calça quando o motor começou a rugir.

Não havia muito tempo.

— Bem, Jam não está aqui. — Virei o telefone na mão e procurei a leve protuberância que eu sabia que marcava o número cinco. — Ele ainda vai conseguir te identificar.

— Vamos dar um jeito nele fácil, fácil — bufou Sonia. — Por que ele simplesmente foi embora daquele jeito?

Fiquei congelada. Ela tinha nos visto antes? Então tudo fez sentido. O casal que eu vira usando chapéus e casacos mais cedo, na marina. Eram Sonia e esse homem, Frank.

— Por nada — falei rapidamente.

Agora o barco estava em movimento. Eu ouvia o barulho constante. Sonia olhou pela escotilha.

Deslizei o olhar para o telefone. Que inferno, que inferno! Sem sinal. Eu precisava ir até o deque. Agora.

Madison enrijeceu o corpo ao meu lado. Ela olhava para o telefone. Eu a cutuquei, tentando forçá-la a desviar o olhar.

— Estou ficando enjoada — falei, cobrindo o aparelho com a mão. — Preciso de um pouco de ar.

Sonia, que olhava pela escotilha, se virou. Apontou para o lavabo no outro canto do quarto.

— Usa aquilo ali.

Segurei o celular perto da barriga e fui até o lavabo. Eu me inclinei e olhei para o aparelho. Continuava sem sinal.

Fingi que vomitava.

Agora o barco se movimentava mais rapidamente. Eu sentia o sacolejar fazendo o chão balançar sob os meus pés. O pânico subiu pela minha garganta. Quanto mais nos distanciávamos da costa, menores as chances de conseguir sinal, mesmo no deque.

— Ainda estou enjoada — arrisquei. — Por favor, preciso ir lá fora, tomar um pouco de ar.

— Pare de choramingar.

Liguei a câmera do celular. Certo, então eu não podia ligar para a polícia, mas talvez conseguisse forçar Sonia a contar aonde estava nos levando. Depois, se eu pudesse de alguma forma entregar o telefone para alguém, quando saíssemos do barco...

Era uma jogada arriscada, mas foi a única coisa em que consegui pensar.

Eu me inclinei outra vez sobre a pia e passei o celular para o modo vídeo. Apertei "gravar", me ajeitei e deixei o aparelho sobre o ralo.

— Para onde você está nos levando? — gemi, ainda com a mão na barriga.

— Cale a boca. — Sonia foi até o outro lado da cama e abriu a escotilha. — Pronto. Aí está o seu ar.

Pelo bater da água do lado de fora, percebi que estávamos em alta velocidade. Mas em qual direção?

— Eu também estou com dor de barriga — falou Madison na cama, inclinando o corpo para a frente. — Está doendo, de verdade.

— Pelo amor de Deus! — Sonia abriu a porta e gritou pelo corredor, na direção do salão: — Vamos logo, Frank. Essas meninas estão me deixando maluca.

Olhei para Madison. Era difícil saber se estava apenas fingindo. Ela segurava a barriga e se inclinava para a frente e para trás na cama.

Eu queria chegar perto dela, mas era arriscado levar o telefone comigo ou deixá-lo no lavabo.

Sonia se afastou da porta e voltou a ficar ao lado de Madison.

— Pare já com isso! — berrou.

Madison puxou os joelhos contra a barriga e gemeu ainda mais alto. Continuou resmungando sem parar, enchendo o ar com seus gritos.

— CALA A BOCA! — O rosto de Sônia estava vermelho de raiva.

De pé, com as costas para a pia, peguei o telefone e o segurei contra a lateral do corpo. Quem encontrasse o aparelho — se alguém o encontrasse — precisaria de uma foto de Sonia. Como ela havia dito, ninguém, exceto Jam e eu — e agora Madi —, conhecia sua aparência.

Meu coração batia com tanta força que cheguei a pensar que fosse explodir. Virei o celular, torcendo para que o estivesse segurando em um bom ângulo.

Madison agora chorava, e parecia que era de verdade. Sonia a havia arrastado e a segurava pelos ombros, sacudindo-a violentamente enquanto a xingava.

— Pare com isso — ela berrou.

Com a esperança de já ter gravado o suficiente, deslizei o telefone para dentro da pia e dei um passo na direção da porta.

O choro de Madison agora estava histérico. Então, algo pareceu tomar conta de Sonia. Seu rosto endureceu, e ela ergueu a mão.

Tudo desacelerou como se estivesse acontecendo em câmera lenta.

Lembro de ter visto Sonia usando luvas finas de borracha, a ponta das unhas vermelhas dentro delas. Ela golpeou com força o rosto de Madison.

Madison voou para o outro lado da cama e bateu a cabeça no criado--mudo. Em seguida caiu, de olhos fechados.

Silêncio.

36
O acidente

Durante um segundo que pareceu durar uma vida inteira, olhei para o corpo amolecido de Madison. Avancei na direção da cama e afastei os cabelos de seu rosto.

— Madi? Madi?

Suas pálpebras se mexeram, mas continuaram fechadas.

Eu podia sentir Sonia atrás de mim, sua respiração pesada.

Tomada por uma raiva profunda, eu me virei com os braços estendidos e as mãos em punhos.

Rugindo, avancei contra ela. Sonia segurou meus pulsos e me empurrou para o lado, mas segui em frente, gritando até ficar rouca.

— Covarde. Tirana. Sua vaca maldita, vaca maldita!

Sonia me forçava a ir para trás. Ela era muito mais forte do que eu. No entanto, naquele momento, eu estava mais furiosa do que uma leoa.

— Ela nunca fez mal a ninguém. Não tem nada a ver com tudo isso.

Sonia finalmente me empurrou para longe. Cambaleei para trás, na direção do armário e, arfando, eu a encarei furiosamente.

Ela ajeitou a blusa e os cabelos.

— Sua irmã está bem — afirmou. — Olha só.

Ouvi um gemido vindo da cama, e Madison abriu os olhos.

Corri na direção dela e acariciei seu rosto. Minha irmãzinha estava branca como fantasma.

— Fica deitada quietinha, meu amor — aconselhei. — Vai dar tudo certo.

Eu me virei para Sonia, que observava Madison com atenção.

— Bem? Tão bem quanto meus pais estão? — esbravejei. — Eles foram parar na cadeia por um crime que não cometeram.

Sonia deu de ombros e examinou as unhas sob a luva.

— Não é culpa minha. Não é problema meu. Eu mal falei com seus pais. Não posso fazer nada se Tarsen é um mentiroso.

Frank abriu a porta e marchou para dentro do cômodo. Deu uma olhada em Madison, que se esforçava para conseguir sentar na cama. Em seguida, lançou um olhar irado para Sonia.

— Você machucou a menina?

— Foi um acidente — ela se justificou, ligeiramente corada. — De qualquer jeito, estou te pagando e não te devo explicações.

— Meu Deus. — Frank revirou os olhos. — Você quase me matou porque eu ia dar um tapa nessa princesinha adolescente para ela tomar jeito, e agora não consegue se controlar com a fedelha.

— Fica calmo. Vai parecer que ela bateu a cabeça no acidente. Ninguém vai nem perceber.

— Que acidente? — eu quis saber.

Frank me ignorou.

— Preciso que você fique lá fora para a tacada final — ele disse a Sonia. — Você vai ter que trancar as duas aqui até a gente terminar.

Ele saiu, e Sonia o seguiu sem olhar para trás.

Ouvi a fechadura estalar quando fecharam a porta. O celular. Corri até a pia. Por sorte, Sonia e Frank haviam estado ocupados demais gritando um com o outro para encontrarem o aparelho.

Corri até a escotilha, que Sonia havia aberto. Através dela, eu conseguia ver o piso do deque e o mar. Contudo, mesmo segurando o celular perto da abertura, eu não conseguia sinal. Onde diabos estávamos?

Havia um rolo de corda ao lado da escotilha. Enfiei o telefone atrás dele. O aparelho estaria mais seguro ali do que comigo. Eu poderia pegá-lo depois.

Corri até Madison e a abracei.

— Você está bem, meu amor?

Olhei fundo em seus olhos grandes e castanhos.

Madison assentiu rapidamente antes de estremecer.

— Minha cabeça está doendo.

Ela parecia bem, mas seus olhos estavam um pouco vidrados, e seu rosto, extremamente pálido. Com dedos trêmulos, levei a mão cuidadosamente à região de sua cabeça que tinha levado a pancada. Ela gemeu um pouquinho quando toquei algo quente e pegajoso. Afastei a mão, e a ponta dos meus dedos ficou manchada de vermelho.

Limpei o sangue rapidamente na calça e sorri para ela.

— Você vai ficar bem — garanti.

— Minha atuação foi boa? — ela perguntou.

Pisquei.

— Você está falando da dor de barriga?

Sua boca se retorceu em um sorrisinho.

Eu a abracei outra vez.

— Sua atuação foi tão boa que você merece um Oscar de melhor atriz. A mais jovem atriz a ganhar o prêmio.

Uma pancada. Com um sacudir repentino, o barco nos fez avançar para a frente, para a beirada da cama. Um barulho agudo, de alguma coisa raspando, veio da proa. Na fração de segundo que se seguiu, abracei Madison ainda mais forte.

O barco esbarrou em alguma coisa sólida, e nós duas voamos e caímos no chão.

37
Presas

Caí de costas, e Madison caiu em cima de mim. Fiquei ali deitada, zonza, por alguns segundos. O barco continuava trepidando, embora o motor tivesse morrido.

Madison se agarrou a mim, choramingando:

— O que foi isso, Lauren? O que está acontecendo?

— Acho que a gente bateu. — O chão sob minhas costas era frio e duro. Com cuidado, afastei Madison e fiquei de pé. O barco continuava tremendo, indo aos solavancos de um lado para o outro. Afastei os pés, tentando manter o equilíbrio.

Ouvi passos pelo corredor, vindo em nossa direção. A porta estalou ao ser destrancada e aberta violentamente. Era Frank.

— Não quero que ninguém saiba que alguém trancou vocês duas aqui — ele rosnou.

Depois virou e seguiu outra vez pelo corredor, colocando uma roupa de mergulho sobre a camiseta.

Puxei Madison pelo corredor, atrás dele, rumo ao salão. O barco sacudia e empinava. Eu me apoiei na parede para me equilibrar enquanto me xingava por ter escolhido calçar aquelas botas de salto.

Frank passava pela porta do salão, em direção à parte de cima.

Nem sinal de Sonia. Então eu a ouvi no deque.

— Me dá o celular dela — berrou. — Precisamos deixá-lo aqui. Não quero ninguém nos rastreando.

— Eu não estou com o celular — grunhiu Frank.

Sonia o xingou.

— Era para você ter confiscado o aparelho assim que ela entrou.

O barco sacudiu violentamente. Caí no chão, estendendo a mão para me salvar. O piso parecia úmido. *Santo Deus.* A água estava entrando, passando pelas placas de madeira no chão.

— Lauren. — Madison tentava me ajudar a ficar em pé.

Enquanto eu me levantava, Frank ressurgiu nas escadas.

— Onde está? — ele gritou. — O seu celular?

— Não sei. — Usei toda a minha concentração para não olhar outra vez para o quarto de onde tínhamos acabado de sair. — Eu o derrubei na marina, enquanto subia no barco. Caiu na água.

Frank se aproximou. Enfiou a mão em meus bolsos, tateou meus braços e pernas. Fez a mesma coisa com Madison.

— Não está com elas — gritou para Sonia.

O barco agora se movimentava de forma menos violenta. Olhei para baixo. A água girava em meus pés. A ponta da bota já estava manchada de marrom-escuro.

— Deixa para lá — esbravejou Sonia. — Vamos embora.

Frank voltou às escadas que saíam da porta do salão. Madison se aninhou perto de mim.

— Vocês não podem deixar a gente aqui — berrei.

Frank não falou nada enquanto seguia outra vez rumo ao deque. A porta se fechou, deixando o salão ligeiramente escuro.

Eu conseguia ouvi-los lá fora, arrastando alguma coisa pesada pelo deque. A essa altura, mesmo considerando o meu salto, a água já batia nos meus tornozelos. Ao subir as escadas, puxei Madison comigo.

Ouvimos uma pancada forte contra a porta do salão.

Eles encostaram alguma coisa na porta. Querem que a gente se afogue e que pareça que foi um acidente.

O pânico subiu pela minha garganta, e eu me arrastei pelos degraus. A porta não abria.

— Socorro! — gritei. — Deixem a gente sair.

Bati na porta, mas era inútil tentar.

Olhei outra vez para Madison. Ela tentava alcançar uma das janelas do salão, agarrando-se a uma cortina.

Através da pequena janela, vi o barco perigosamente baixo na água, próximo a uma rocha onde havia um poste preto e amarelo com dois cones pretos. Ao longe, avistei uma extensão de areia. Talvez fosse uma praia.

— O que está acontecendo? — A vozinha assustada de Madison me golpeou como uma faca.

— Vai ficar tudo bem — eu a reconfortei. — Só batemos numa pedra.

O barco vai afundar, e vamos nos afogar.

Com o coração acelerado, deslizei o olhar pelo salão. Havia muitas janelas, mas eram pequenas demais para conseguirmos atravessar.

O barco deu uma arrancada para trás, e agarrei o corrimão perto das escadas para não cair.

Madison deslizou e caiu na água.

— Madi? — gritei.

Ela se levantou, ensopada, com medo e angústia estampados no rosto.

Estendi a mão.

— Vem, Madi — chamei. — Se empurrarmos juntas a porta, talvez a gente consiga abrir.

O chão começou a inclinar na direção da popa. Madison se aproximou de mim, e o barco inclinou outra vez, agora para o outro lado, afundando ainda mais.

Quanto tempo ainda temos antes de afundar completamente?

38
A rocha

Empurrei mais uma vez a porta do salão. Estava totalmente emperrada.

Madison continuava na base da escada, olhando para mim e batendo os dentes.

— O papai vai f-ficar bravo por c-causa do barco — ela falou. — Lauren, m-minha cabeça está d-doendo muito.

— Eu sei, meu amorzinho. — Bati na porta de madeira. — Socorro! — gritei, ciente de que aquilo era inútil. — Socorro!

Parei. Nenhuma resposta. Apenas o bater das ondas, o ranger do barco e o barulho da minha respiração agitada.

Bati mais uma vez.

Por favor. Por favor.

E foi então que ouvi: uma pancada em resposta, do outro lado da porta do salão.

— Lauren?

Meu coração deu um salto. Bati com força na madeira.

— Jam? É você? Jam?

— Escuta — ele gritou. — Eles prenderam um gancho de metal aqui, entre a porta e a escada. Vou puxar.

O barulho estridente do metal contra a madeira atravessou a porta, e eu olhei para Madi.

— Está tudo bem. — Tentei acalmá-la enquanto lágrimas de alívio queimavam meus olhos. — O Jam está aqui. Ele vai tirar a gente dessa.

Virei para a porta e pressionei a palma da mão contra a madeira.

— Você voltou — disse a ele.

— É claro que sim. — Jam arfava. — Eu estava escondido na parte de trás do barco desde que saímos de Evanport.

— Onde estão a Sonia e aquele homem?

— Nadando, com roupas de mergulho, rumo à costa — contou Jam sombriamente. — Pronto.

Ouvi o gancho cair contra o deque, e a porta do salão se abriu. Olhei rapidamente para o rosto de Jam. Então o barco emitiu um estrondo assustador e sacudiu violentamente.

Fui lançada para fora da escada e caí na água congelante. Por um instante, tudo se transformou em total confusão. Bolhas chiavam à minha volta, e dei repetidas cambalhotas no mar agitado. Senti que me afogava e abri os olhos. O painel de ignição estava debaixo dos meus pés. Tentei agarrar qualquer coisa. Com mais força. Com mais força. Então minha cabeça afundou. Desesperada por ar, olhei em volta. Submersos ao meu lado estavam a mesa de jantar e os bancos. As portas dos armários estavam todas abertas, e pratos e xícaras boiavam perto dali.

— Lauren.

Ergui o olhar. A cabeça de Jam estava na altura da porta do salão, agora poucos metros acima da água.

Ele estendeu a mão.

— Vem.

Olhei em volta.

— Madison. Onde está a Madison? — minha voz gritou estridente, tomada pelo pânico. Mergulhei mais uma vez na água gelada. Minhas roupas grudavam no corpo, tornando mais difícil que eu me arrastasse.

Olhei em volta novamente e então a vi, a poucos metros de onde eu estava, abaixo da superfície, com seus longos cabelos flutuando atrás do corpo.

Meu coração parou por alguns segundos. *Madi, aguenta firme.*

Estiquei os braços doloridos, e a impressão que tive foi de que se passou uma eternidade até que eu conseguisse chegar aonde Madison estava. Finalmente, consegui puxá-la até a superfície.

Eu estava bem abaixo da porta aberta. Madison estava desmaiada em meus braços. Jam inclinava o corpo na minha direção, a parte superior do peito e os braços passando pela abertura.

— Você vai ter que empurrá-la para cima — ele disse.

Eu a ergui, sentindo Jam segurar parte do peso em seus braços.

— Mais para cima — pediu, arfando. — Não consigo segurar o peso dela e manter o equilíbrio.

Reuni todas as minhas forças e, com um suspiro decidido, empurrei o corpo pesado e desfalecido de Madison na direção dele. Agora ela não estava mais comigo. Eu me forcei a nadar, até que percebi que não sentia mais minhas pernas.

— Lauren, Lauren — Jam gritava meu nome.

Ergui o olhar. Agora ele não estava muito acima. Suas mãos até conseguiam tocar a água. Mas estava frio demais. O que ele estava dizendo?

— Segura a minha mão, Lauren. Segura a minha mão.

Apática, olhei para o meu braço. Minhas mãos vagavam sem força pela água, e mexê-las requeria um enorme esforço. Eu não conseguia mais mexer as pernas. Seria mais fácil simplesmente desistir e me deixar levar.

— Lauren! — O grito de Jam ecoou pelo cômodo alagado. — Segura a minha mão. Rápido.

Com um esforço enorme, estendi a mão e deixei que ele segurasse meu punho.

— Agora agarre a porta e empurre o corpo para cima — gritou.

Tentei fazer meu corpo subir, mas eu não tinha mais forças. A abertura estava a meio metro da minha cabeça, mas parecia estar a um quilômetro.

— Eu não vou te deixar aqui — Jam gritou. — Você quer que eu morra? Quer que a Madison morra?

Não. Não. NÃO.

Estendi a mão e, não sei como, consegui segurar a porta. Rangi os dentes e ordenei aos meus músculos que me erguessem. As mãos de Jam estavam debaixo dos meus braços, e ele também me erguia. Apoiei um braço no chão, do lado de fora. Depois o outro. Eu sentia as mãos dele nas minhas costas, forçando meu corpo para cima.

E então lá estava eu, escalando para fora da cabine do piloto, depois para cima do teto, a pouco mais de um metro das ondas que estouravam à nossa volta.

O ar gelado estapeava meu corpo, mas estar ali era melhor do que estar na água. Eu me ajoelhei, tremendo.

— Levanta — gritou Jam.

Ele estava parado ao meu lado, descalço, com um braço de Madison dependurado em seu ombro. Ela estava ali, imóvel, gemendo levemente, o corpinho todo amolecido.

Esforcei-me para ficar em pé, tentando manter o equilíbrio em um barco que sacudia e que agora afundava rapidamente. Não tínhamos mais do que um minuto antes de ser completamente sugados pela água.

Segurei o outro braço de Madison e o passei por sobre meus ombros. Jam apontou para a rocha que tínhamos avistado da janela do salão.

— Vamos ter que nadar até lá — falou, arfando.

Concordei com a cabeça. A rocha não parecia estar tão distante, mas o mar à sua volta estava agitado. E eu sabia como aquela água estava fria.

Juntos, pulamos. No mesmo instante, meus braços e pernas ficaram rígidos. Dividir o peso de Madison entre nós complicava ainda mais a tarefa de nos arrastar e enfrentar as ondas que estouravam em nosso rosto. Eu podia sentir Jam seguindo à frente, com mãos e braços menos cansados e mais fortes. Eu me esforçava para acompanhar o seu ritmo. Bem, pelo menos esse esforço me ajudava a continuar sentindo meus membros.

Por algum motivo, quando mergulhamos, a rocha pareceu se distanciar. Segurei a mão de Madison e me forcei para a frente. Um impulso de cada vez. Mais um. Mais um.

Meus braços e pernas começaram a ficar novamente entorpecidos. A água espirrava em meu rosto. Minhas pernas se chocavam com perigosas lascas de pedras, como aquelas que perfuraram o casco do *Josephine May*.

Então, quando achei que não conseguiria mais me mexer, nós chegamos. Jam tentou se levantar, se arrastando e puxando Madison consigo. Eu me arrastei atrás dele.

Seu rosto estava contorcido de dor. Olhei para baixo e vi sangue escorrendo por suas calças, logo acima do tornozelo, descendo pelo pé descalço.

— Eu me cortei — falou, arfando. — Em uma daquelas pedras.

Ele foi mancando até alcançar um par de tênis, no meio da rocha. Como aquilo tinha vindo parar aqui?

— São meus. — Jam se abaixou e puxou uma meia de dentro de um dos pés. Ele a prendeu à perna ensanguentada e puxou outra coisa de dentro.

Fiquei boquiaberta ao vê-lo pegar meu celular. Eu tinha me esquecido completamente da existência daquele aparelho.

O rosto de Jam estava roxo de frio quando ele me passou o telefone.

— Vi quando você o escondeu. Eu teria pegado antes se não estivesse com tanto medo de eles me encontrarem.

Tremendo, olhei para baixo. Havia sinal. Um sinal fraquinho. Minha mão continuava tremendo enquanto eu discava para a polícia.

Jam continuou falando:

— Eu queria buscar ajuda, mas o barco estava indo rápido demais. Aí eu arremessei o celular e os meus tênis aqui, para não molhar.

Uma mulher atendeu a ligação.

— Emergência. Posso ajudar?

— Estamos em uma rocha — gaguejei. — No mar.

— Onde no mar? Onde vocês estão? — A operadora era rápida e eficiente.

— Não sei exatamente — respondi desesperada, tentando manter o foco.

— Em um lugar chamado Long Mile — Jam esclareceu. — Eu ouvi quando eles disseram.

Repassei a informação à operadora. *Long Mile*. O nome soava familiar, mas estava muito frio e eu não conseguia raciocinar direito para tentar saber onde eu tinha escutado aquelas palavras.

— Quantas pessoas são?

— Três.

— Alguma ocorrência médica urgente?

Madison.

Passei o telefone para Jam e corri para onde ela estava deitada, de bruços. Toquei sua bochecha. Estava fria como gelo. Virei seu corpinho e verifiquei se estava respirando. Nada. *Não*. Ela não podia ter... Eu a sacudi com força.

— Madison. — Um calafrio mais gelado que a água percorreu todo o meu sangue. — Madison — gritei. — Acorda!

39
Esperando

Pela fresta nas cortinas, eu conseguia ver os médicos e as enfermeiras passando. O pronto-socorro estava agitado, mas aqui, sentada em uma cama de hospital, eu me sentia distante de toda a agitação.

Eu apenas esperava.

Esperava por notícias de Madison.

Annie e Sam tinham chegado havia aproximadamente uma hora — pálidos e abatidos. Eu os vi rapidamente e contei tudo o que tinha acontecido. Eu me senti tão culpada pelo que acontecera com Madison que quase desejei que eles ficassem bravos comigo. Que gritassem que eu não devia tê-la levado à marina naquela manhã, que seria minha culpa se ela morresse. Mas eles simplesmente ficaram parados, parecendo atordoados. Em seguida, uma enfermeira se aproximou e os levou ao centro de traumatologia, onde Madi recebia cuidados. Tive vontade de acompanhá-los, mas a mulher avisou que eu deveria esperar para conversar novamente com o médico.

A essa altura, MJ já tinha chegado e estava sentada ao meu lado. Tentei me concentrar no que ela me explicava:

— Sonia Holtwood quis encenar um acidente, como se você e Madison tivessem pegado o barco sem permissão, perdido o controle e batido nas rochas.

Por favor, faça com que ela fique bem.

MJ inclinou o corpo para a frente.

— Ela foi esperta ao escolher a praia de Long Mile — continuou. — Exatamente o lugar onde você desapareceu.

Eu a encarei, me lembrando da praia que vira ao longe, quando estávamos nas rochas. E das fotos que Madison tinha me mostrado.

— Long Mile?

MJ assentiu.

— Acho que Sonia pensou que assim ia parecer que você estava lá por curiosidade. Já entreguei o vídeo que você gravou no seu celular. Pelo menos agora temos uma foto dela. E sabemos que está por aqui. Dessa vez, vamos pegá-la.

Assenti de maneira apática. *Que diferença faz? Prender Sonia Holtwood não vai ajudar a Madison.*

MJ partiu. E eu fiquei ali, sentada, olhando para minhas mãos, revivendo as últimas horas.

Fomos retirados de helicóptero daquela rocha. Isso talvez possa parecer muito divertido, mas não foi. Só conseguimos sentir frio e medo.

Madison não acordou durante todo o tempo em que passamos no helicóptero. Os paramédicos nos cobriram com aquelas mantas térmicas, para nos manter aquecidos, e um deles cuidou do ferimento na perna de Jam.

Eles olhavam para Madison e depois uns para os outros. Não disseram mais nada perto de nós. Mesmo assim, pude ver nos olhos deles que não tinham muita esperança.

— Lauren, está me ouvindo?

Annie estava ao meu lado.

Segurei seu braço.

— Ela está bem?

Ela negou com a cabeça.

— Não. Continua inconsciente. — Seus olhos se encheram de lágrimas. — Está com hipotermia, porque ficou muito tempo na água gelada.

Eu devia tê-la protegido mais. Foi por minha culpa que ela estava naquele barco. Por que mesmo eu decidi levá-la conosco à marina?

Cheguei a abrir a boca para dizer a Annie que eu sentia muitíssimo por tudo aquilo. Entretanto, ela estava com os olhos fixos na direção da minha cama, e uma lágrima já escorria por seu rosto.

— Pelo menos você está bem, Lauren — falou em meio ao choro. — Eu não suportaria se isso tivesse acontecido com vocês duas.

A imagem dela parada ali, com o corpo curvado, sentindo-se extremamente infeliz, acabou comigo. Eu queria dizer algo reconfortante, mas as palavras se desmanchavam em minha boca. Depois, Annie saiu e uma médica veio me examinar. Disse que, de modo geral, estava tudo bem comigo, mas que eu deveria passar a noite ali, em observação. Por mim, sem problemas. Enquanto Madison estivesse ali, eu não iria a lugar algum.

***

Mais duas terríveis horas se passaram. Os médicos me deixaram levantar para esperar na sala onde minha família estava. Até aquele momento, nenhuma notícia de Madison.

Eu me aconcheguei em um agasalho de Annie, em um canto do sofá. Shelby estava com o corpo curvado na cadeira à minha frente. Annie olhava pela janela, aguardando o retorno de Sam. Impaciente com a espera, ele fora ao centro de traumatologia mais uma vez.

A porta se abriu. Jam entrou na sala usando uma calça e um suéter de Sam, com as barras e os punhos dobrados. Mancando, se aproximou e se sentou ao meu lado. Não dissemos nada. Nem precisava.

Inclinei a cabeça contra seu ombro e fechei os olhos.

Eu não conseguia me imaginar amando alguém mais do que o amava. Nunca.

Com exceção, talvez, da minha irmãzinha.

Toda vez que eu pensava nela deitada naquela rocha, seus olhos grandes fechados, o corpo paralisado, sentia um peso enorme no peito, como se eu não conseguisse respirar. Sua voz ecoava em minha mente, baixa e séria. Eu podia vê-la sorrindo naquela vez em que passei maquiagem em seu rosto.

Por que os médicos estão demorando tanto? Ou ela está bem, ou então... Não, ela está bem. Tem que estar. Eu vou levá-la ao cinema em seu aniversário.

Só percebi que Sam tinha entrado na sala quando Annie saiu correndo na direção da porta.

— Sam? — Ela prendeu a respiração. — Sam?

Ele balançou a cabeça. Havia um vazio terrível em seus olhos.

— Sem novidades por enquanto — relatou.

Seu rosto se apertou enquanto ele puxava Annie para perto. Sam encostou a testa na de sua esposa e chorou.

Eu me virei, afundando-me ainda mais no ombro de Jam.

Por favor, não a deixe morrer. Por favor, não a deixe morrer.

A culpa me engolia. O medo também.

Se Madison morresse, parte de mim também morreria para sempre. Era isso o que uma mãe sentia?

Sam parou de chorar e se sentou. Deslizou as mãos distraidamente pelos cabelos.

— Os médicos disseram que havia hematomas menores na barriga da Madi. Ferimentos mais antigos, que não têm nada a ver com o que aconteceu hoje. E perguntaram se sabíamos de alguma coisa.

Annie negou com a cabeça.

— Talvez ela tenha se machucado enquanto praticava algum esporte — falou vagamente e franziu a testa. — Nos últimos meses, a Madi vinha insistindo que queria tomar banho e se vestir sozinha. Pensei que só estivesse tentando ficar mais independente.

Olhei para Shelby, que parecia aterrorizada. Seus olhos imploravam que eu não contasse o que sabia. Se Shelby estivesse sentindo metade do que eu sentia naquele momento, então já estava sofrendo o bastante.

Alguém bateu rapidamente à porta. Annie deu um salto. Mas era apenas MJ, que me puxou para um canto.

— Lauren, podemos conversar rapidinho?

Saí da sala onde todos estavam e voltei para o barulho e a agitação da emergência. Franzi a testa, atordoada, inicialmente sem me dar conta de que MJ estava toda alegre. Em seguida, ela olhou para o lado. Acompanhei seu olhar e foi então que os vi. Minha mãe e meu pai. Parados ali. Olhando para mim.

Um nó se formou em minha garganta enquanto eles se aproximavam.

— Vocês estão... Acabou? — perguntei.

Minha mãe assentiu. Seu rosto estava magro, os ossos pressionando a pele com tanta força a ponto de fazê-la parecer mais um crânio envolto em carne do que um ser humano.

— Estamos livres — anunciou meu pai. Sua boca tremeu, e ele tentou sorrir. — Todas as queixas foram retiradas. Eles não vão mais nos processar pelos pagamentos ilegais que fizemos a Sonia Holtwood. — Fez uma pausa. — Viemos direto para cá. Sei que os Purditt não querem que a gente te veja, mas vamos brigar com eles para ficar com você. Preenchemos algo que chamaram de petição de Haia... Enfim, os detalhes não importam. O que importa é que agora vai ser mais fácil, sem o processo pesando contra nós.

— Foi o vídeo no seu telefone — confirmou MJ, sorrindo. — Bem, não só isso. Tarsen mudava sua versão da história o tempo todo e, no fim, não sobrou nada do relato inicial. Mas a gravação foi decisiva. Eles desistiram do processo contra sua mãe e seu p...

— Sei que os médicos disseram que você está bem, mas tem certeza mesmo disso? — minha mãe a interrompeu com ansiedade.

— Estou bem, mãe.

— Queremos levar você para casa — ela disse, tremendo. — Mas sabemos que não vai ser tão simples assim.

— Vamos dar um jeito — falei. — Eu prometo.

Enquanto abraçava o corpo frágil de minha mãe, de repente me vi tomada por um desejo feroz de voltar à minha antiga vida em Londres.

Eu queria voltar para lá. Para a minha casa, com minha mãe, meu pai e Rory. Queria tanto que quase nem conseguia respirar.

Então, lembrei de Madison.

Virei e olhei outra vez para a sala onde a família estava.

Annie permanecia parada perto da janela, olhando para mim, com os olhos cheios de lágrimas.

* * *

Meus pais seguiram para um hotel para comer e descansar.

Jam ligou para Carla. Ele me contou que ver Annie e Sam tão tristes por toda a situação com Madison o fez se sentir culpado.

— Acho que devo pelo menos avisar que estou bem — disse.

Como era de esperar, Carla estava furiosa — dava para ouvi-la gritando pelo telefone, mesmo do outro lado da sala. Então, Sam pegou o celular. Ele certamente estava se sentindo péssimo, mas ouviu todo o escândalo de Carla e a acalmou, contando que Jam tinha sido um herói.

Depois de mais ou menos uma hora, os médicos nos deixaram ver Madison. Ela ainda não tinha acordado. Sua cabeça estava coberta de curativos e havia vários tubos e fios ligados ao seu corpo. Madison parecia tão pequena, tão vulnerável naquela cama, que meu coração se apertou.

Nós nos alternamos para ficar com ela.

Jam tinha saído com Sam e Shelby para buscar comida. Annie e eu sentamos cada uma de um lado de Madison, cada uma segurando uma mãozinha dela.

Estava escuro do lado de fora da UTI, e a haste à qual o soro estava preso lançava uma longa sombra no chão. Ficamos ali, sentadas e sem dizer nada por um bom tempo. Os únicos ruídos à nossa volta eram as vozes dos enfermeiros cuidando de outro paciente do outro lado do quarto e o bipe ocasional dos aparelhos.

— Foi desse jeito quando você desapareceu — falou Annie.

Olhei para ela.

— Como assim?

— Aquele dia na praia. Estávamos só nós duas. Muito felizes. Brincamos de esconde-esconde, e depois... depois você correu atrás das pedras, onde eu tinha me escondido antes. E, quando cheguei lá, você tinha desaparecido.

— Eu lembro.

Annie olhou para mim.

— Quer dizer que você lembra quando Sonia Holtwood te sequestrou?

— Não. — Meu olhar se encontrou com o dela. — Lembro que estava com você na praia, que a gente brincava de esconde-esconde e que eu estava feliz.

Olhei para a mão de Madison.

— Se desprender — sussurrou Annie. — Essa é a parte mais difícil.

Enquanto ela falava, um dos dedos de Madison se repuxou ligeiramente.

Cheguei a arfar.

— Annie, olha.

Prendi a respiração e apertei os dedos de Madi, querendo forçá-los a se mexerem outra vez.

E se mexeram. Um movimento superdiscreto, delicado.

— Madison? — sussurrei.

— Humm — ela gemeu baixinho, e suas pálpebras se abriram. — Mamãe?

Olhei para Annie. Seus olhos brilhavam.

Pela primeira vez, eu a vi como era.

A mulher na praia.

Minha mãe.

40
Decisões

Sonia Holtwood foi pega tentando atravessar a fronteira com o Canadá no Dia de Ação de Graças. MJ me ligou para contar. Era provável que aquela mulher passasse muito tempo na prisão. Aparentemente, Sonia Holtwood (nome verdadeiro: Marcia Burns) estivera envolvida em uma série de sequestros de crianças antes de começar a praticar fraudes na internet e a desenvolver e vender identidades roubadas. Ela reunia as informações e as passava a Taylor Tarsen, que as vendia.

Jam e eu teríamos de ser testemunhas no julgamento dos dois. Mas, fora isso, todo esse problema havia ficado para trás.

Jam estava instalado na casa de Annie e Sam desde o acidente com o barco. Eles se davam superbem. Enquanto Madison esteve no hospital, os dois tentaram enchê-lo de presentes.

— Você salvou a vida das nossas filhas — dizia Sam. — Pode pedir o que quiser.

Acho que ele esperava que Jam pedisse coisas para computador, talvez até um carro. Aqui é possível dirigir com dezesseis anos. Mas Jam apenas o olhou fundo nos olhos e disse:

— Eu quero ficar com a Lauren.

Acho que Annie e Sam ficaram chocados, mas tenho que ser justa: eles imediatamente pegaram o telefone, ligaram para Carla e a convenceram a deixar Jam ficar até o fim de novembro. Ela insistiu que ele fizesse um tanto de lição todos os dias, mas, exceto por isso, não impôs empecilhos.

Para minha surpresa, minha mãe e meu pai também pareceram não se importar muito com o fato de Jam passar um tempo na casa dos Purditt. Acho que eles estavam felizes demais por não terem ido parar na prisão e, portanto, nada os incomodava.

Eles se instalaram outra vez no Hotel Evanport, onde passaram alguns dias; depois, voltaram para casa para ver Rory. Comprei uma camiseta do *Legends of the Lost Empire* e pedi que meus pais lhe entregassem. Acho que era o mínimo que eu podia fazer depois de ter arruinado as férias do meu irmão.

A audiência para decidir onde eu iria morar seria quando eles voltassem. Eu tinha muito medo do resultado. Quer dizer, eu queria ficar com meu pai e minha mãe, é claro. Mas também queria estar aqui, com Annie, Sam e Madison. E eu não suportava nem imaginar mais uma disputa judicial. Especialmente se eu fosse o centro dela.

Contei a Gloria como eu me sentia. No dia seguinte, Sam e Annie me chamaram na cozinha para uma conversa séria.

— O que está acontecendo? — perguntei.

Annie tossiu, nervosa.

— Só queríamos discutir essa situação em que a gente veio parar.

Olhei para ela.

— Sam e eu percebemos que estávamos errados a respeito dos seus... dos seus pais adotivos. Quer dizer, sabemos que eles são pessoas boas que pensavam estar fazendo o bem quando concordaram em pagar a Sonia para ficar com você. — Annie respirou fundo. — Na semana que vem, após a audiência, quando ficar decidido que sua adoção foi ilegal, eles vão poder brigar para tê-la de volta. Nossos advogados acham que eles têm grandes chances de ganhar. E nós... nós entendemos que poder vê-los significa muito para você. Então queremos tentar fazer as coisas funcionarem sem uma disputa legal e... e ver se há alguma forma de você também passar um tempo com eles...

Eu me lancei nos braços dela. Enterrei o rosto em seu pescoço e a apertei com força.

— Nossa, Annie, obrigada, obrigada! — Eu a abracei outra vez.

— Bem, agradeça também ao Sam.

De alguma forma, ela parecia estar ao mesmo tempo contente e triste.

Olhei para Sam.

— Na verdade, foi a mamãe. Quer dizer, minha mãe. Gloria. — Ele deu uma risadinha. — Naquele dia em que você a conheceu, ela me disse que não importava se as pessoas que você chamava de "pai" e "mãe" fossem assassinos em série. Você sempre os consideraria seus pais. E Annie e eu teríamos que, de algum jeito, aceitar essa realidade.

Pensei em quando conheci Gloria e em como Sam parecia preocupado no caminho para casa.

Abri um sorriso enorme para ele, depois para Annie. O lábio dela estremeceu, e eu senti uma pontada de culpa pelas vezes em que tinha me comportado tão mal com ela. Eu queria dizer alguma coisa — dizer que eu entendia que era difícil para ela e para Sam se darem conta de que eu via outras pessoas como meus pais. Dizer como eu estava confusa sobre onde e com quem queria morar.

Mas eu não conseguia encontrar as palavras certas, então apenas me levantei e saí para procurar Jam. Pelo menos com ele as coisas eram diretas. Pelo menos com ele eu podia esquecer como eu me sentia dividida, que fosse só por algum tempo.

* * *

Madison saiu do hospital em tempo para seu aniversário, no fim de novembro. Annie não a deixou ir ao cinema, então comprei para ela o DVD do filme ET e assistimos em seu quarto, chorando juntas naquela parte em que o ET parece morrer para Elliot poder viver.

Jam entrou no quarto, viu que estávamos chorando e resmungou:

— Esse é o problema das comédias românticas. São muito sentimentais.

Expliquei que ET não era comédia romântica enquanto Madison insistia que ele ficasse ali e assistisse ao filme com a gente. Cá entre nós, acho que ela tem uma paixãozinha por Jam.

O filme terminou, e Annie fez Madi se deitar para descansar. Jam e eu fomos andar pela marina. A essa altura do ano, a marina estava sempre deserta, todos os barcos cobertos com lona, por causa do inverno.

Ficamos de mãos dadas e trocamos alguns beijos. No entanto, tudo estava meio triste pelo fato de que o fim de novembro já se aproximava e Jam teria que voltar para casa em dois dias. De repente, percebi que a oferta generosa de Annie e Sam de me dividirem com minha mãe e meu pai não era suficiente.

Eu queria ficar com Jam o tempo todo, e não apenas quando Annie e Sam estivessem dispostos a me deixar ir para casa.

Por que tinha que ser tão complicado?

— Bem, no fim das contas, talvez a gente ainda possa fugir — comentei, sorrindo, lançando meus braços em volta dele.

— Nem. Você estava certa quanto a isso. De qualquer forma, acho que seu lugar agora é aqui.

Eu me aconcheguei em seu peito. Meu lugar era aqui? Eu nunca sentiria que Annie e Sam eram meus pais, mas começava a vê-los como uma família. E, desde a semana anterior, Shelby não tinha sido grosseria comigo nem uma vez. Para minha total surpresa, ela até admitiu que fazia bullying com Madison.

Annie atribuía essas atitudes ao trauma de Shelby por sua irmã ter desaparecido. Eu acredito que Shelby tenha um sério problema de comportamento.

Enfim.

Acho que ela realmente parece estar mudando.

Um golpe de vento frio açoitou a marina, gelando meu pescoço. Puxei o cachecol.

Onde era meu lugar, afinal? Eu não tinha vontade de voltar para a escola em Londres, mas sentia saudade da minha mãe e do meu pai.

Sabia que eles queriam estar sempre comigo, e não apenas em visitas ocasionais. E como eu conseguiria me despedir do meu namorado totalmente maravilhoso?

Alonguei o corpo e dei um beijo em seu nariz.

— Eu quero ficar com você.

Ele abriu um sorriso enorme e lindo. E, nos próximos minutos, não conversamos muito mais.

* * *

A família toda se reuniu mais tarde para a festinha de aniversário de Madison. Eu tinha ajudado a fazer o bolo e a colocar as sete velinhas. Enquanto soprava cada uma, Madison fingia que era um dos sete anões da Branca de Neve. Somente Jam e eu percebemos o que ela estava fazendo. Demos risada com a cara de Annie quando minha irmãzinha, fingindo ser Atchim, deu um enorme espirro para apagar a última vela.

Depois, todos foram embora. Sam levou Madi para a cama, e Annie arrumou as coisas. Ela parecia particularmente nervosa, quebrou um prato e dois copos enquanto colocava as louças na máquina de lavar.

Eu me perguntava o que havia de errado. Nos últimos dias, Annie vinha parecendo mais calma do que antes. Tinha até parado de me perseguir o tempo todo. Mas, naquela noite, estava claramente agitada.

Às sete horas, a campainha tocou. Annie deu um pulo, como se tivesse tomado um tiro.

— Lauren, você atende?

Marchei até a porta principal.

Eram meus pais. Estavam ali, de pé sobre o capacho.

Fiquei boquiaberta.

— Olá, meu amor — cumprimentou minha mãe, puxando-me em um abraço bem demorado.

— O que está acontecendo? Pensei que vocês só voltariam amanhã.

— Annie e Sam nos convidaram. — Meu pai arqueou as sobrancelhas, como se quisesse dizer: "Nós sabemos tanto quanto você sobre o que está acontecendo".

Fomos até a sala. Sam e Annie estavam ali parados, com uma expressão super, superséria. Meus pais olharam para eles. Eu olhei para Jam. Essa era, de longe, a situação mais bizarra que eu já tinha vivido.

Ninguém dizia nada.

Limpei a garganta.

— É... Mãe, pai, esses são... — Eu me virei para Sam e Annie. — Esses são... é... minha mãe e meu pai.

Jam deu risada, e todos pareceram desconfortáveis.

Sam estendeu a mão e falou:

— Obrigado por terem vindo.

Meus pais se sentaram no sofá em frente a Annie e Sam.

— Vou preparar um café. Só um instante — disse Annie. — Mas acho que, se eu não disser isso agora, vou acabar explodindo, chorando ou fazendo alguma besteira.

Eu a encarei.

Sam tossiu antes de falar:

— Antes de qualquer coisa, queremos nos desculpar por ter acreditado que vocês estavam envolvidos no sequestro da Lauren. Sabemos que vocês fizeram... bem... que vocês fizeram o que fizeram pensando que era para salvá-la.

Annie assentiu.

— E queremos que saibam que fizeram um ótimo trabalho como pais. Ela é uma menina maravilhosa.

Minha mãe abriu um leve sorriso.

— Obrigada — agradeceu. — E obrigada por terem dito a Lauren e aos nossos advogados que não querem brigar para nos manter fora da vida dela. Saber que vocês entendem... — Sua voz falhou. — É sobre isso que vocês queriam falar?

— Não exatamente — replicou Sam. — Sabemos que vocês a amam muito e conversamos com a Lauren. É claro que ela sente que seu lugar é ao lado de vocês... — A voz de Sam ficou rouca. Ele parou e olhou para baixo.

Annie apertou a mão dele e olhou para mim.

— Quando vi o seu rosto... a forma como ele se iluminou quando dissemos que não íamos nos opor a você ver os seus... os seus pais, eu... nós percebemos... — Ela respirou fundo e olhou para os meus pais. — Queríamos que vocês estivessem aqui quando contássemos a Lauren que... se é isso o que ela quer, assim que acontecer a audiência para formalizar a adoção como inválida, não vamos lutar contra a sua tentativa de adotá-la, dessa vez de forma legal, e levá-la de volta para a Inglaterra.

Engoli em seco. Olhei para meus pais. Ambos contemplavam Annie e Sam. Os olhos da minha mãe estavam cheios de lágrimas.

Ninguém falou nada. Meu coração batia forte em meus ouvidos.

— Obrigada. — A voz da minha mãe era um sussurro.

Ela olhou para o meu pai, que assentiu.

Em seguida, limpou a garganta antes de dizer:

— A escolha é sua, Lauren. Sabemos que encontrar seus pais biológicos significava tudo para você. A decisão é sua. E, independentemente do que escolher, nós vamos apoiá-la.

O *quê*?

Todos olharam para mim. Pisquei rapidamente. Eu podia escolher? Senti o braço de Jam apoiar-se em meus ombros.

Ficar com meus pais significava brigas, escola e a vida entediante na Inglaterra. Mas, ao mesmo tempo, significava ficar com Jam. E era a minha casa.

Mas como eu podia deixar Annie e Sam? Eu não tinha passado tempo suficiente aqui, com a minha família. Queria ter a oportunidade de conhecer Annie melhor. E meus avós. *Jesus*. Eu tinha parentes que nem conhecia ainda. E queria navegar com Sam outra vez quando ele comprasse um barco novo. E, acima de tudo, queria estar aqui por Madison.

Olhei para os olhos ansiosos e marejados dos meus pais. As palavras de Glane ecoaram em minha cabeça: *Você tem duas mães e dois pais que a amam. Por isso, talvez seja possível pertencer a dois lugares.*

Um sorriso se formou lentamente em meu rosto.

— Eu não quero escolher — declarei.

Todos me encararam, e meu pai limpou a garganta.

— Não queremos te forçar a escolher — disse. — Mas temos que...

— Estou dizendo que não quero escolher *entre* vocês — expliquei, olhando para eles e sorrindo.

Minha mãe e Sam franziam a testa. Annie fungou.

— Mas como...?

— Vocês não estão entendendo? — insisti. — Eu escolho todos vocês.

***

E foi assim que definimos as coisas. É provável que eu seja a primeira pessoa na história do mundo com duas mães e dois pais reconhecidos em dois continentes. Passo o período escolar em casa, em Londres, e pelo menos metade dos feriados e férias em Evanport. Annie, Sam e minhas irmãs às vezes vêm à Inglaterra.

Jam e eu continuamos juntos. Eu o vejo o tempo todo em Londres — e, com frequência, ele também vai comigo a Evanport. Sam paga as passagens. Jam continua sem ver seu pai e, bom, nunca se deu muito bem com Carla. Para ser sincera, acho que ele vê Annie e Sam como pais substitutos. De vez em quando, Glane vem de Boston e também nos leva para sair.

E assim é a vida. Nunca passo mais do que algumas semanas longe de uma das minhas duas famílias e sempre conversamos e trocamos muitas mensagens. Isso não deixa espaço para muitas outras coisas, e nem sempre é fácil, especialmente quando acabo de chegar a algum lugar. Mas, de modo geral, acho que acabo me dando melhor com todos do que se eu morasse em tempo integral com eles.

Outro dia, tivemos aula com uma professora nova. Ela nos pediu para fazer uma daquelas redações cujo tema é "Quem sou eu?". Dessa vez foi fácil. Bastou escrever sobre a minha vida.

Sobre mim.

Encontrada.

Agradecimentos

Esta história nasceu na internet, em especial no site www.baaf.org.uk (página da British Association for Adoption and Fostering), www.missingkids.com, www.ukadoption.com e Vermont Statutes Online, em www.leg.state.vt.us/statutes.

Sou especialmente grata a Julia Alanen, advogada chefe da divisão internacional do US National Center for Missing and Exploited Children, pela disponibilidade e interesse.

Também agradeço a Elizabeth Hawkins, Moira Young, Gaby Halberstam, Julie Mackenzie, Sharon Flockhart, Melanie Edge, Jane Novak, Alastair McKenzie, Pam McKenzie e Ciara Gartshore.

Impresso no Brasil pelo Sistema Digital Instant Duplex da Divisão Gráfica da
DISTRIBUIDORA RECORD DE SERVIÇOS DE IMPRENSA S.A.